Rose le conte d'un air hébét

"Tu rentres avec moi. Nous avons à discuter," commanda Paul.

"Pour qui te prends-tu pour me donner des ordres ainsi?" fit Rose.

"Pour ton mari, *pour le moment*."

"Merci pour la précision. Ote-toi de mon chemin. Je dois aller parler avec Tony Spelling."

Paul lui agrippa violemment le poignet. "Tu verras ce monsieur plus tard. Pour l'instant, vas préparer tes bagages."

"Et si je refuse? Je ne veux pas partir."

"Je ne te mépriserais que davantage encore."

Rose fut alors victime d'une impulsion incontrôlable et elle le gifla à toute volée!

Un air de nostalgie

Katrina Britt

Harlequin Romantique

PARIS · MONTREAL · NEW YORK · TORONTO

Publié en Mai 1983

ISBN 0-373-41188-X

Dépôt légal 2e trimestre 1983
Bibliothèque nationale du Québec et Bibliothèque nationale
du Canada.

Imprimé au Québec, Canada—Printed in Canada

1

Rose s'étira lentement dans l'eau turquoise de son bain moussant. Elle poussa un long soupir de satisfaction. Quel plaisir de se retrouver enfin chez soi, dans cette maison qui avait si longtemps abrité ses rêves de jeune fille ! Après des semaines de discussions éprouvantes, elle goûtait en ce moment précis une profonde paix intérieure.

A l'aide d'une gigantesque éponge, elle savonna rêveusement ses longues jambes fines encore bronzées par le soleil. Un air de son adolescence lui revint en mémoire. Elle se mit à fredonner gaiement, et peu à peu, la mélodie familière l'entraîna vers son passé.

Les années s'étaient écoulées heureuses dans ce grand pavillon de la banlieue résidentielle de Londres, situé à mi-chemin entre le club d'équitation et les courts de tennis. La jeune femme avait conservé la plupart de ses amis d'enfance : des garçons avec lesquels elle avait dansé, skié, fait de la voile et de la moto. Mais sa rencontre avec Paul avait détourné le cours de cette paisible existence. Elle était alors âgée de vingt-quatre ans...

Rose esquissa un sourire : elle devait être terriblement attirante pour avoir séduit cet homme, véritable prince charmant de sa génération ! Ou était-ce lui qui l'avait subjuguée ? Sans aucun doute, elle s'était laissée ensorceler par la profondeur étrange de son regard gris. Oublierait-elle un jour son élégance où un rien de flegme soulignait la sûreté de chacun de ses gestes et propos ? Aujourd'hui, à vingt-six ans, il lui fallait effacer les deux dernières années de sa vie pour faire face à un avenir encore rempli d'incertitudes.

Le pas léger de sa mère dans la chambre interrompit ses réflexions. Rose sortit rapidement de l'eau et enfila un peignoir vert pâle. Elle emprisonna ses boucles châtains dans une serviette-éponge et entra dans la pièce.

Minnie Barclay était une femme petite et menue dont le visage exquis faisait pardonner le tempérament excentrique. Dans un frou-frou d'organdi blanc, elle virevolta autour de sa fille avant de se poser sur le lit, pareille à un papillon du jour. Lorsque Rose se pencha pour l'embrasser, Minnie lui tendit une joue parfumée puis leva sur elle de pétillants yeux noirs.

— Je suis si heureuse de t'avoir à la maison, ma chérie !

Elle replaça soigneusement une mèche de cheveux rebelle qui avait glissé sur son front bombé, à peine ridé ; bien loin de ternir sa coiffure, quelques fils blancs dotaient sa chevelure blonde de beaux reflets argentés.

— Es-tu ici pour longtemps ? ajouta-t-elle de sa voix chantante.

Rose ne répondit pas immédiatement. Elle s'installa sur le lit aux côtés de sa mère et entreprit de se soigner les ongles. Celle-ci ne put s'empêcher de promener un regard admiratif sur le corps élancé de sa fille : elle lui avait toujours envié son allure souple et grâcieuse. Rose se décida enfin à parler.

— J'ai besoin de temps pour trouver un appartement et du travail. Depuis que j'ai quitté Paul...

— Tu as quitté Paul pour de bon ? Je ne peux pas

6

y croire ! s'exclama Minnie en soulevant ses petites mains délicates en signe de désespoir. Mais pourquoi as-tu fais cela ?

— J'en avais assez d'être enterrée dans les gisements pétrolifères ! J'étais comme un termite creusant son trou dans la boue !

D'un geste nerveux, Rose repoussa sa trousse de manucure sur le lit et se leva.

— Ne parlons plus de ma vie avec Paul... Donne-moi plutôt des nouvelles de Grand-Père : je ne l'ai pas encore vu depuis mon arrivée.

— Il... il est absent actuellement, répondit Minnie, l'air embarrassée. Tu peux donc occuper sa chambre, s'empressa-t-elle d'ajouter, les yeux rivés sur la pointe de ses chaussures vernies.

— Absent ? Grand-Père ? Mais il ne va jamais au-delà de la maison de ses amis, en bas de la rue !

Minnie tapota sa mise en plis.

— Euh... Il se repose au bord de la mer.

— Avec son vieil ami Henri Wills ?

— Non, non... Vois-tu, il y a une maison de retraite très chic...

— Maman, tu ne veux pas dire que...

— Mais si ! C'est même de sa propre initiative qu'il est parti.

— C'est affreux ! s'écria Rose, suffoquée. Grand-Père est en pleine santé et il n'a pas encore soixante-dix ans. Que s'est-il passé ?

— Je boirais volontiers une tasse de thé ! Et toi ? proposa vivement Minnie.

La gorge serrée, la jeune fille se dirigea vers la fenêtre qui donnait sur le jardin. Ses yeux s'embuèrent de larmes : cette année-là, les rosiers qu'affectionnait tant son grand-père recouvraient les hautes grilles d'une multitude de fleurs pourpres. Elle fit un effort pour se ressaisir puis descendit dans la cuisine où déjà, sa mère mettait l'eau à chauffer.

— Tu n'as tout de même pas demandé à Grand-

Père de partir pour que je puisse occuper sa chambre ? Je n'ai pas l'intention de rester ici. Je vais louer un studio.

Minnie disposa minutieusement les tasses, le lait, le sucre et les petits gateaux sur un plateau.

— J'ai l'intention de vendre cette maison, déclara-t-elle brusquement. As-tu remarqué le nombre de constructions nouvelles dans le quartier ? Il y a de charmants petits appartements et je...

— La seule chose que j'ai remarquée, coupa Rose, est l'absence de mon grand-père, je veux qu'il revienne ! Achète-toi un appartement si tu le désires mais laisse-lui son toit !

Sa voix tremblante contrastait singulièrement avec le ton posé de sa mère qui achevait tranquillement d'ébouillanter la théière.

— Il me faut vendre ce pavillon pour pouvoir acheter un logement.

— Tu as beaucoup d'argent à ta disposition. Le tailleur que tu portes suffirait à nourrir Grand-Père toute une année ! D'autre part, comment peux-tu prendre une telle décision sans consulter ni Georges ni moi-même ?

— Ton frère m'a écrit : il me laisse libre de décider... Après tout, je suis jeune encore ; j'ai de nombreuses années devant moi. Je...

— Je reconnais bien là les idées de Georges : il ne s'est jamais beaucoup préoccupé des autres, pas plus que toi, d'ailleurs. Grand-Père a le droit de vivre sa vie, tout comme toi, la tienne.

— Nous reparlerons de cette affaire plus tard, décréta Minnie. Il faut que tu te prépares pour la réception de ce soir. Nous allons être nombreux : j'ai pensé que cela te divertirait. Sais-tu que Tony Spelling doit venir ?

— C'est très bien. Maintenant que j'ai rompu avec Paul, il me faut trouver du travail et je crois que Tony pourra m'aider.

Sa mère fronça les sourcils, tout en versant le thé fumant.

— Mais Paul a-t-il rompu avec toi ? s'enquit-elle.

Rose reposa brusquement sa tasse sur la table.

— Que veux-tu dire par là ? s'indigna-t-elle. Nous avons longuement discuté l'un et l'autre ; nous n'avons plus rien à nous dire... En vérité, lorsque j'ai rencontré Paul, il était déjà marié : marié avec sa société de forage pétrolier ! Il se voue corps et âme à la recherche de nouveaux puits. Il ne reste plus de place pour quiconque dans sa vie.

Minnie parut étonnée par le ton véhément de sa fille. L'air contrit, elle esquiva son regard pour se plonger à nouveau dans l'examen de ses chaussures.

— Je... Paul est à Londres. Je l'ai invité à venir ce soir.

Rose devint toute pâle, mais elle ne fit aucun commentaire. Minnie rompit le silence la première :

— J'ai cru comprendre qu'il voulait rencontrer M. Spelling : Paul recherche peut-être de nouveaux actionnaires ? Je crois savoir que ce monsieur est très riche.

— Tony Spelling est un artiste et non un prospecteur. Il ne s'intéresse guère qu'aux essences des fleurs, ironisa Rose. Où demeure Paul actuellement ?

— Dans le duplex d'un de ses amis, à Londres me semble-t-il. Aujourd'hui, il est parti voir ton grand-père.

Paul, chez son grand-père ? Décidément, elle était la seule à n'être au courant de rien ! se dit-elle, agacée. Paul se conduisait comme si rien ne s'était passé entre eux ; quant à sa mère, elle ne semblait pas le moins du monde convaincue par leur séparation.

— Je n'ai pas revu Paul depuis longtemps. Je me suis installée quelque temps chez mon amie Iris avant de venir ici. Je me suis reposée, et ce séjour

9

m'a permis d'y voir plus clair. Je veux que tu saches que nous nous sommes séparés d'un commun accord. Nos tempéraments sont incompatibles. D'ailleurs, ajouta-t-elle, mi-figue, mi-raisin, je suis née sous le signe de la Balance et lui, sous celui du Lion : nous ne pourrons jamais nous entendre...

Minnie se pencha vers sa fille et lui caressa la main.

— Je sais, je sais, ma chérie. Je te comprends. Je n'ai jamais voulu intervenir dans ta vie privée mais j'avoue avoir été terriblement inquiète. Je t'imaginais perdue au fin fond de ce sinistre paysage de puits de pétrole, au milieu de la poussière et des mauvaises odeurs. Ton éducation ne t'avait jamais préparée à cela.

Rose baissa les yeux sur la table. Ses doigts jouèrent distraitement quelques instants avec sa tasse.

— Cet endroit était affreux, murmura-t-elle, la gorge nouée. J'étais toujours seule. Paul passait même ses soirées avec ses plans de forage.

— Beaucoup d'hommes sont ainsi, soupira Minnie Barclay. Il te faudra admettre cette fatalité... Il t'avait pourtant séduite : il t'a si brusquement enlevée d'ici !

— Pour me laisser tomber dans un bourbier de pétrole, conclut amèrement la jeune femme.

Rose se prépara longuement pour cette soirée qui promettait d'être difficile. Le cœur serré, elle songea à sa mère. Elle aurait tant voulu lui parler franchement, se blottir dans ses bras et laisser enfin couler ses larmes. Elle lui aurait confié à quel point Paul lui manquait ; comment les nuits qu'il savait rendre inoubliables avaient longtemps effacé sa colère et ses frustrations de la journée. Cet être, d'une détermination farouche, savait aussi se montrer d'une douceur infinie lorsque de ses mains il entourait tendrement le visage de Rose pour y chercher ses lèvres. Il avait le secret de ces caresses qui éveillent les moindres désirs jusqu'à ce qu'ils grondent d'un irrésistible appel.

Quelle étrange coïncidence : elle avait rencontré Paul au cours d'une soirée organisée par sa mère, tout comme celle d'aujourd'hui... A l'époque, Minnie lui avait expliqué sur un ton anodin :

— Paul Standring est un ingénieur fort dynamique. Tu le reconnaîtras aisément, il est nettement plus grand que la moyenne, il a le teint hâlé. Il a fait le tour du monde. Actuellement, je crois qu'il organise le forage de puits pétroliers. Il n'est pas du tout ton type d'homme, ma chérie ! Bien qu'il ait un charme inouï, il n'aime ni danser, ni jouer au tennis, ni toutes ces choses que tu apprécies tant... Je l'ai invité pour le remercier d'avoir reçu ton frère au Canada. J'ai cru comprendre qu'il recherche la solitude avant tout. Ella Stokes l'a invité la semaine dernière chez elle : toutes les femmes n'avaient d'yeux que pour lui mais il s'est contenté de faire le tour de la réception sans prononcer une parole. Sans doute était-il à la recherche de quelques gisements pétroliers sous la moquette !

Rose avait ri de bon cœur puis elle était retournée vers les invités, oubliant ce curieux personnage. Ce ne fut que beaucoup plus tard dans la soirée qu'une voix étonnamment grave attira son attention. Un homme d'une trentaine d'années se dirigeait vers elle. Il se distinguait sans peine des autres invités tant par sa taille que par la finesse de ses traits. Son visage énigmatique impressionna la jeune fille au point d'effacer tous ceux de son entourage.

— Bonsoir, fit-il gravement. Vous êtes d'ici ?

— Seulement en permanence : c'est dans cette maison même que j'habite ! Et vous, d'où êtes-vous ? demanda Rose avec son franc-parler habituel.

— D'un endroit dont vous n'avez sans doute jamais entendu parler : Calgary et ses environs...

Elle le regarda droit dans les yeux mais dut baisser les siens la première. Il semblait fier et sur la défensive. Eh bien ! elle lui montrerait qu'elle savait l'être aussi. Pourtant cet homme ne ressemblait en rien aux jeunes présomptueux qu'elle avait si souvent maintenus à distance par son sens inné de la répartie. Malgré la touche de romantisme que lui donnait de magnifiques cheveux noirs ondulants et soyeux, il avait un regard profondément lucide, trop lucide pour un jeune célibataire inexpérimenté. Pourtant il transparaissait de ce personnage un caractère trop entier, trop défiant pour avoir accepté les liens du mariage.

— Si je comprends bien, vous venez de l'autre bout de l'univers. Serait-ce qu'on vous poursuit ? plaisanta doucement Rose.

— Pas que je sache, répondit laconiquement Paul. Et vous ?... Mais sans doute êtes-vous déjà fiancée...

— Je ne comprends pas... Nos langages sont-ils aussi éloignés que nos pays respectifs ? répliqua-t-elle, désinvolte.

— Rares sont les jeunes filles aussi séduisantes que vous libres de tout engagement...

— Je ne vis avec personne ; je ne suis pas fiancée non plus. Cela dit, j'avoue ne pas comprendre en quoi cela vous concerne ?

A son grand étonnement, Rose s'aperçut qu'elle lui avait menti. Elle découvrit qu'elle aurait été ravie d'intéresser cet homme, de lui parler de sa vie, de ses projets... Ses joues s'empourprèrent. Une vive émotion s'empara d'elle, à son insu.

Mais déjà Paul avait perçu son désir de se confier à lui. Comme il la pressait de questions, elle lui raconta le cheminement de ces dernières années : elle avait abandonné l'Ecole d'Interprètes pour devenir esthéticienne. Puis, pendant trois ans, elle s'était consacrée à ses études ; elle espérait pouvoir enfin mettre en pratique ses connaissances... Il l'avait félicitée de sa ténacité : rien ne devait l'empêcher de réaliser ses ambitions, pas même le mariage qui était parfaitement compatible avec son métier... Quelques jours plus tard, il lui demandait de l'épouser.

Après une merveilleuse lune de miel, elle avait travaillé dans un des meilleurs instituts de beauté londonien. Quant à Paul, il avait pris sous sa responsabilité les forages pétroliers britanniques de la Mer du Nord. Ils avaient acheté un appartement à Londres, à quelques minutes de l'institut où travaillait Rose. Ils y connurent des mois de bonheur intense.

Mais un beau jour, Paul décida de regagner ses champs d'extraction canadiens. Ils vendirent l'appartement et partirent là-bas. Rose, terriblement éprise de son mari, avait accepté de renoncer à sa carrière. Arrivée sur place, elle ouvrit un petit salon de beauté pour une clientèle locale. Mais au regard de la vie animée de la capitale, celle-ci était plutôt morne... Paul se consacrait à son travail du matin à la nuit tombée. Peu à peu, la jeune femme fut prise d'aversion pour les champs pétrolifères et la vie rude qu'ils engendraient... Lorsqu'elle se trouva enceinte, l'espoir de voir sa vie s'ouvrir sur de nouvelles dimensions lui fit oublier ses difficiles conditions d'existence. Mais elle perdit l'enfant...

Ce choc lui parut insurmontable, d'autant que Paul semblait d'avantage préoccupé par ses activités que par son éventuelle progéniture. Aussi Rose prit-elle la décision de partir. Ils discutèrent longuement, Paul se retranchant derrière un implacable sang-froid. Puisque l'amour de sa femme n'était pas suffisant pour supporter les épreuves qu'ils traversaient, mieux valait qu'elle le quittât : il ne la retiendrait pas contre son gré.

... Elle se mordit les lèvres tout en évoquant ces pénibles souvenirs... Ce soir elle se préparait à rencontrer Paul à nouveau et ils étaient tout aussi étrangers l'un à l'autre que deux années auparavant. A cette époque, ses cheveux longs tombaient en cascade sur ses épaules. Aujourd'hui, décidée à changer sa vie, elle les avait fait couper court ; ses boucles s'étaient reformées naturellement et sa nouvelle coiffure lui offrait une image différente d'elle-même.

La jeune femme choisit d'élégants escarpins à hauts talons : elle ne voulait pas paraître trop petite aux côtés de Paul. Elle enfila une robe de soie légère dont la coupe sévère contrastait avec la couleur framboise, donnant à sa silhouette un caractère légèrement sophistiqué. Elle allait se maquiller lorsque Minnie entra précipitamment dans la chambre pour lui demander de l'aider à fermer sa fermeture Eclair.

— Comme tu es belle, ma chérie ! Tu n'as rien perdu de ton élégance.

— Qui s'occupe de tes fermetures Eclair quand je ne suis pas là ? Grand-Père, je suppose ? demanda Rose, l'air espiègle.

— Il me manque beaucoup, murmura Minnie, le visage rouge de confusion. Dépêche-toi de descendre : je veux que tout le monde te voie !

Mais Rose attendit que la plupart des invités fussent arrivés pour descendre au salon. De chaudes acclamations l'accueillirent : tous ses vieux amis étaient au rendez-vous si bien que, lorsque Paul arriva, elle avait repris suffisamment d'assurance pour le rencontrer. Il était accompagné de Tony Spelling, un homme de stature moyenne, à l'allure désinvolte ; une lueur de malice brillait dans ses yeux sombres ourlés d'épais cils noirs. Voilà une nature qui charmerait le diable en personne ! se dit-elle, brutalement sur le qui-vive. Paul dut faire une plaisanterie, car son compagnon partit d'un petit rire moqueur.

Tout à coup, elle tressaillit : son mari la regardait attentivement à présent. Son visage avait une expression étrange qu'elle ne lui connaissait pas. Etait-ce du cynisme, de la bienveillance ou de la provocation ? Elle n'aurait su le dire. Les deux hommes se dirigeaient vers elle.

D'une voix caverneuse qui n'augurait rien de bon, Paul fit les présentations.

— Ma femme, Rose. Rose, je te présente Tony Spelling.

— Paul doit être un homme heureux, sourit-il en lui tendant la main. Je suis ravi de vous rencontrer.

— Excusez-moi de vous interrompre, mais il est temps de se mettre à table, intervint Minnie. Le soufflé est prêt !

Ils se dirigèrent tous vers la salle à manger. Paul avait pris le bras de Minnie et lui parlait à voix basse. A table, elle le fit asseoir entre sa fille et Tony Spelling, si bien que Rose ne put adresser la parole à ce dernier de tout le repas. Elle écouta distraitement son voisin, un ancien camarade d'école qui s'était mis en veine de lui raconter par le menu chaque événement survenu depuis qu'elle avait quitté l'Angleterre. Le dîner, préparé par une amie de Minnie, fut excellent. Sitôt le repas terminé, Rose vit sa mère partir au salon au bras de Tony Spelling, suivie de ses convives. Elle se retrouva seule avec Paul. Ils se dirigèrent en silence vers le patio. Là, elle donna libre cours à sa colère.

— Tu l'as fait exprès, n'est-ce pas ? s'écria-t-elle, indignée. Tu savais que je voulais parler avec Tony et tu as tout fait pour m'en empêcher !

— Tony Spelling est toujours ici... Que me chantes-tu là ?

Paul se montrait d'une humeur massacrante, aussi

Rose jugea-t-elle préférable de se taire. La lumière filtrait à travers les fenêtres du salon éclairant le beau profil de Paul, merveilleusement proportionné. Elle l'avait si souvent admiré... Une étrange sensation de peur l'envahit ; sa gorge se noua. La vie sans lui, lui parut soudain semblable à un sombre et interminable labyrinthe... Qu'allait-elle devenir sans cet homme qui l'avait envoûtée à tout jamais ? Elle étouffa un sanglot.

Une main chaleureuse la guida jusque dans un coin sombre du patio, à l'abri des intrusions éventuelles des invités. Là, Paul lui glissa un mouchoir dans la main et l'attira doucement contre lui. A son contact, un flot d'heureux souvenirs l'envahit, effaçant d'un trait sa rancœur et son amertume. Sa chaleur, le désir de sentir à nouveau ses lèvres sur les siennes la bouleversait. Elle se raidit pour ne pas chanceler, puis elle se dégagea de son étreinte pour mieux maîtriser ses sentiments.

— Eh bien... Si cette rencontre avec Tony était tellement importante pour toi...

— Tu crois que... que je pleure à cause de lui ?

Un tel aveuglement la déconcertait.

— Il est normal que tu te sentes un peu perdue, que tu aies besoin de te raccrocher à quelque chose. L'échec de ton mariage a dû ébranler ta confiance en toi... Je comprends.

Elle le repoussa avec colère.

— Ce n'est pas cela du tout ! C'était...

— C'était ?

Si elle lui avouait le trouble qu'il semait en elle, il se moquerait. Les poings crispés dans la pénombre, elle se ressaisit. Mieux valait lui mentir.

— C'est à cause de Grand-Père, balbutia-t-elle.

— Ah oui ! en effet. J'ai appris que tu occupais sa chambre ; son départ tombe à point, n'est-ce pas ?

— Jamais je ne chasserais Grand-Père de chez lui !

16

— Je ne sais pas, commenta-t-il d'une voix traînante. Quoi qu'il en soit, il reprend sa chambre ce soir.

— Ce soir ? répéta Rose, incrédule.

— Oui... Tu rentres avec moi à l'appartement que j'occupe à Londres. Nous avons à discuter.

Ulcérée par l'arrogance dont il faisait preuve, elle resta un moment sans voix, puis elle explosa :

— Pour qui te prends-tu pour me donner ainsi des ordres ?

— Pour ton mari... *pour le moment,* fit-il, glacial.

— Merci pour la précision. Ote-toi de mon chemin ! Je veux aller parler avec Tony Spelling.

Paul lui agrippa violemment le poignet. En vain, elle tenta de se dégager ; ses beaux yeux bleus, embués de larmes, le toisèrent rageusement. Mais il ne broncha pas.

— Tu verras ce monsieur plus tard. Pour l'instant, va préparer tes bagages.

— Lâche-moi ! Tu me fais mal !

— C'est toi qui te fais mal. Allons dans ta chambre.

— Et si je refuse ? Je ne veux pas partir.

— Je ne te mépriserais que davantage encore, répliqua-t-il durement. Dépêche-toi.

Rose ne bougea pas. Elle le défiait du regard, ultime refuge de sa liberté.

— Pour la dernière fois, avance ! Tu n'es qu'un être méprisable.

Elle le dévisagea sans comprendre, furieuse et blessée à la fois.

— Eh bien ! nous serons deux à nous mépriser ! Et puis-je savoir pourquoi tu me voues de tels sentiments ?

— Parce que tu n'es qu'une hypocrite !

Rose le contempla d'un air hébété. Son pire ennemi n'aurait pu la qualifier d'hypocrite. La force de son caractère résidait justement dans son ardeur à défendre ses convictions même dans les situations les plus difficiles, sans jamais travestir la réalité. Son seul défaut était sa propension à se laisser guider par ses émotions.

Alors, recouvrant brusquement ses esprits, elle fut victime d'une impulsion incontrôlable : elle le gifla à toute volée. Il ne broncha pas. Seules ses lèvres se resserrèrent pour ne former qu'une ligne mince et blanche. Brutalement, il lui saisit le bras et la plaqua sans ménagement contre lui.

— Ne recommence jamais cela ou je réclamerai tous les droits que j'ai sur toi, que tu le veuilles ou non.

Le visage de Paul était blême. Incapable de prononcer un mot, Rose le fixait de ses grands yeux bleus troublés par la peur. Le geste qu'elle avait eu l'effrayait tout autant que le ton menaçant de Paul. Quand elle parla, ses paroles étaient presque inaudibles.

— Je veux savoir pourquoi tu m'as traitée d'hypocrite...

— Tu pleures soi-disant le départ de ton grand-père mais tu ne veux pas lui laisser sa chambre pour qu'il puisse revenir. Es-tu réellement inquiète à son sujet ?

— Mais je ne savais pas... je ne...

— Pourquoi refuses-tu de me suivre ?

Rose ferma ses yeux pour retenir ses larmes. Lentement, elle tourna les talons et regagna sa chambre, suivie de Paul.

Comme un automate, elle sortit ses vêtements de l'armoire. Le rouge lui monta aux joues lorsqu'elle extirpa un à un ses effets les plus personnels. A la vue de sa confusion, Paul sourit durement.

— J'espère que ton parfum ne flottera pas dans la chambre de ton grand-père aussi longtemps que dans la nôtre : il me poursuit toujours...

Rose regarda son visage narquois. Il n'était que

raillerie. Elle dut prendre son courage à deux mains pour lui parler.

— Ai-je bien compris que Grand-père vient ce soir ?

— Il est à quelques pas d'ici, chez M. Wills. J'avais emmené son ami avec moi à l'hospice pour mieux le convaincre de rentrer. Lorsqu'il a appris que ta mère voulait vendre la maison, il n'a pas hésité... Eh ! mais où vas-tu ?

Rose était sortie précipitamment de la pièce, bousculant Paul au passage. Déjà, elle dévalait l'escalier. Il comprit alors qu'elle était partie retrouver son grand-père...

Un peu plus tard, Rose marchait aux côtés du vieil homme, radieuse. Avec lui, elle retrouvait toute la naïveté de son enfance. Elle dansait plus qu'elle ne marchait, son visage tendrement levé vers lui.

Paul posa affectueusement son bras sur les épaules de Sam Rodson.

— Nous avons eu un choc en apprenant votre départ, cher patriarche ! plaisanta-t-il. Ne nous jouez plus de pareils tours à l'avenir !

— Sans toi, la maison n'était plus la même, renchérit Rose. Maman est un peu... originale parfois, mais pour rien au monde elle ne voudrait te voir malheureux.

Sam Rodson gratifia les jeunes gens d'un large sourire.

— Dieu vous bénisse ! répondit-il sur un ton paternel.

Il s'arrêta soudain de marcher.

— Savez-vous ce qui vient de m'arriver ? Je n'arrive toujours pas à y croire !

Ils le considérèrent avec étonnement.

— Je viens de battre Henri Wills aux échecs ! Il est pourtant un as en la matière. C'est pour moi un moment inoubliable, ajouta-t-il avec emphase.

Il pesait chacun de ses mots et son regard allait

fièrement de l'un à l'autre. Pour la première fois depuis des semaines, Rose partit d'un grand rire cristallin.

— Grand-Père, je t'aime tant ! s'exclama-t-elle.

Elle se hissa sur la pointe des pieds pour déposer un baiser sur la joue parcheminée. Paul observait la scène en silence.

— Cette victoire ne m'étonne pas du tout ! Pourquoi ne viendriez-vous pas passer quelques jours chez nous dans notre appartement ? Laissez le temps à Henri Wills de se remettre de ses émotions. Quant à vous, gare à la revanche : il va falloir vous y préparer. Chez nous, vous pourrez y réfléchir à loisir.

— Voilà une invitation des deux êtres que j'aime le plus au monde ! répondit Sam avec un clin d'œil. Je vais y réfléchir et merci, merci beaucoup, Paul.

2

Lorsqu'ils eurent quitté Sam, Rose suivit Paul jusqu'à la voiture où elle s'installa sans mot dire. Sur le chemin du retour, elle s'endormit, brisée par les émotions de la journée. Dans son sommeil, elle avait repris instinctivement sa position habituelle : la tête tendrement calée contre l'épaule du conducteur.

Soudain, elle ouvrit les yeux. Tout était silencieux. Paul avait coupé le contact.

— Nous sommes arrivés, fit-il sèchement. Va ouvrir la porte pendant que je décharge les bagages.

Rose prit machinalement la clef qu'il lui tendait. Elle s'apprêtait à sortir lorsqu'elle s'immobilisa, saisie par un profond malaise : ils étaient garés dans son quartier préféré de Chelsea. Son regard sonda la nuit pour s'assurer qu'elle ne rêvait point. La lumière ambre des réverbères s'enchevêtrait dans le feuillage des platanes qui projetaient leurs ombres sur la rangée de petits immeubles en pierre de taille. « Non, cet endroit n'est pas un décor de rêve » se dit-elle en tressaillant. Elle le connaissait dans ses moindres détails pour y avoir vécu avec Paul...

— Tu veux dire que c'est ici...

— C'est bien cela : le même appartement que nous avions après notre mariage.

— Mais, nous l'avions vendu !

— Souviens-toi : c'est un de mes amis qui l'avait

racheté. Comme il est en voyage actuellement, nous pouvons l'occuper aussi longtemps que nous le voulons.

Rose s'efforça de cacher son désarroi derrière un semblant d'indifférence. Paul se montrait terriblement injuste à son égard : il l'obligeait à revenir dans cet appartement où ils avaient vécu si heureux. Quel lugubre pèlerinage ! songea-t-elle en pénétrant dans le hall de l'immeuble.

— Eh bien, je ne resterai pas longtemps, déclara-t-elle fermement. Dès que Tony Spelling m'aura proposé du travail, je me mettrai à la recherche d'un studio. Je...

— Cesse donc tes enfantillages et ouvre-nous la porte !

Agacée par l'attitude condescendante de Paul, elle se résigna pourtant à obéir.

Lorsqu'elle appuya sur l'interrupteur, la lumière révéla un mobilier inconnu. Son regard erra quelques instants sur une foule d'objets insolites qui peuplaient des pièces pourtant familières. La jeune femme eut le sentiment étrange d'être étrangère dans sa propre maison. Son malaise s'accrut, elle frissonna.

Paul pénétra tranquillement dans le salon.

— Tu vas dormir dans notre chambre ; nous...

— Si tu espères me voir partager ton lit, interrompit-elle, les joues en feu, je...

— Ne sois pas stupide. Je prendrai une des chambres d'amis. Cela conviendra parfaitement à mon goût — et à mon état — de célibataire !

Quelle situation absurde... Pourquoi s'était-elle crue obligée de rentrer avec lui ? Elle aurait pu s'installer chez sa mère, dans le salon... Non, bien sûr, soupira-t-elle, son grand-père se serait imaginé qu'il la gênait...

L'appartement, luxueusement meublé, était

impeccable, jusqu'à la cuisine rutilante où de multiples appareils ménagers étaient rangés avec soin.

Rose prépara deux infusions, puis elle appela Paul. Il était installé sur le divan, absorbé dans la lecture de son courrier.

— Il y a une verveine pour toi sur la table de la cuisine. Je vais boire la mienne dans ma chambre.

Il ne répondit rien. Même lorsqu'elle passa devant lui pour gagner l'autre pièce, il demeura silencieux. Comme elle allait refermer la porte derrière elle, elle l'entendit marmonner :

— Merci... Bonsoir !

Elle hésita un instant avant de lui adresser la parole. Etait-il d'humeur à écouter quoi que ce soit ?

— Je voudrais te remercier d'avoir été chercher grand-père. Je...

— Va te coucher ! maugréa-t-il sans même se retourner.

Une nouvelle fois, Rose se sentit humiliée. Néanmoins elle rassembla son courage et poursuivit :

— Je ne voudrais pas que tu juges mal ma mère. Elle se montre parfois excentrique mais en réalité elle est généreuse et intelligente...

— Par pitié, va te coucher ! coupa Paul, excédé.

Les premiers rayons de soleil tirèrent Rose d'un profond sommeil. Elle promena un regard admiratif sur la pièce. Des meubles en acajou massif apportaient une teinte chatoyante à l'univers de tons pastels que formaient les tentures, la moquette et de gros coussins de soie. Non sans envie, elle contempla ce petit paradis que l'on ne pouvait obtenir sans un compte en banque bien fourni. La salle de bains ne dépareillait pas : une épaisse moquette moelleuse recouvrait l'ancien carrelage bleu pâle. Les éléments étaient restés inchangés, mais de luxueux flacons d'eau de toilette garnissaient des étagères de verre. Quelle différence avec la vie austère du Canada !

songea-t-elle. Non pas que Rose considérât le luxe comme une chose essentielle à la vie. Mais entretenir sa maison au cœur des champs pétrolifères était une gageure ! En fait de nid douillet, c'était un véritable nid à poussière ! Paul ne partageait pas son point de vue : il lui suffisait de replonger périodiquement dans l'atmosphère du milieu londonien pour retourner ensuite au Canada, plus ardent que jamais au travail.

Rose se lava, se coiffa et défit ses bagages. Elle se sentit rassérénée à l'idée que cette situation pénible ne durerait qu'un temps. Elle se vêtit d'un pantalon de velours vert émeraude et d'une chemise de coton assortie. Les teintes s'accordaient à merveille avec ses boucles cuivrées. Elle restait toujours élégante, même dans les tenues les plus simples. En outre, elle savait cacher ses inquiétudes derrière une allure décontractée.

Un délicieux arôme de café flottait dans la cuisine où des céréales étaient préparées sur la table. Paul l'attendait.

— Bonjour, fit-il avec un sourire énigmatique. As-tu bien dormi ?

— Très bien, et toi ?

— Mes nuits sont souvent hantées depuis quelques mois, mais j'ai fini par m'y habituer... Jus de fruit ?

— Oui, merci, répondit-elle, l'observant à la dérobée.

L'art de l'habillement était inné chez lui : quelle que soit l'heure du jour ou de la nuit, il paraissait toujours frais et dispos. Il émanait de lui un discret parfum d'after-shave dont l'odeur familière réveilla en elle les souvenirs les plus doux. Pourtant, à le voir ainsi, rasé de près, élégant, ses cheveux noirs bien coupés, qui eût pu imaginer le métier qu'il exerçait ? La rude vie quotidienne qu'ils avaient connue semblait pour lui faire partie d'un autre monde...

— Pourquoi ce silence ? s'enquit Paul, assis à l'autre extrémité de la table.

— A cause de l'étrangeté de notre situation, sans doute. Hier, je me préparais à refaire ma vie, loin de toi et...

— Et aujourd'hui ?

— Me voilà dans notre ancien appartement, à la recherche d'un travail, tout comme il y a deux ans...

— Pas exactement, rectifia-t-il d'une voix glaciale. J'ai pris rendez-vous pour toi avec Tony Spelling.

— Tu as fait cela ? s'écria-t-elle, stupéfaite.

— Ne voulais-tu pas le rencontrer ?

— Si, si, bien sûr... Quand dois-je le voir ?

— Aujourd'hui même ; il vient te chercher à midi.

D'un geste brusque, Rose introduisit du pain dans le toaster, puis elle continua de manger en silence.

— Pourquoi ne prends-tu pas de céréales ? fit Paul, sur un ton de reproche. C'est infiniment meilleur pour ta santé que ces tartines de pain grillé.

— Laisse-moi au moins la liberté de manger ce qui me plaît !

— Je me demande pourquoi tu es de si mauvaise humeur ? Tu ne veux plus travailler avec Tony ?

— Je ne veux pas que tu décides à ma place ; j'étais assez grande pour prendre ce rendez-vous toute seule ! J'espère que tu ne lui as rien dit au sujet de notre... de ce qui s'est passé entre nous...

Il se balança sur sa chaise, ses yeux narquois posés sur elle.

— J'ai bien été obligé de lui donner certains détails. Autrement, comment aurait-il pu comprendre ton « besoin » de travailler ? Je lui ai raconté brièvement tes études, ton expérience du métier, comment tu voulais faire carrière...

— C'est vraiment très aimable de ta part ! J'avais cru comprendre que mes projets te déplaisaient, ironisa-t-elle... Si jamais tu as fait en sorte d'amoindrir mes chances de succès, poursuivit-elle avec véhémence, je...

— Tu ?...

— N'en parlons plus, gronda-t-elle entre ses dents.

— Je suis heureux de voir que tu ne me menaces pas ! Quant à ce rendez-vous... as-tu vraiment l'intention de travailler, Rose ?

— Que veux-tu dire ? s'écria-t-elle, indignée.

— Tony est milliardaire et... fort bel homme, je le reconnais.

Humiliée, Rose maîtrisa à grand-peine son courroux ; elle mordit violemment dans sa tartine.

— Tu penses donc que je te quitte pour me mettre à la recherche de quelqu'un d'autre ? Que je ne suis pas capable de vivre seule ?

— Je ne pense à rien en particulier. Je sais seulement que les femmes ont un fâcheux penchant pour les milliardaires.

Paul eut soudain une expression très lasse, comme s'il était indifférent à leurs propos. Rose bouillait intérieurement : elle lui en voulait terriblement de la traiter comme il le faisait. Mais se retrouver avec lui, chez eux, comme autrefois, suscitait en elle un sentiment étrange, indéfinissable, où se mêlaient la peur et un certain plaisir... Elle dut s'avouer qu'elle était contente de le voir ainsi préoccupé par son avenir, certainement plus qu'il ne l'avait jamais été... Fallait-il donc qu'ils se séparent pour que ses souhaits se réalisent ? Une lueur d'espoir fit battre son cœur : peut-être Paul était-il venu à Londres pour reprendre la vie avec elle sur de nouvelles bases ? Ne lui avait-il pas dit qu'ils avaient « à discuter » ?

Elle s'attarda à déjeuner, mangeant avec appétit. Paul ne la lâchait pas des yeux.

— Que dirais-tu d'héberger ton grand-père ici,

pendant quelques jours ? Il pourrait visiter la capitale qu'il ne connaît pas.

— Qu'est-ce qui t'a décidé à venir à Londres ? demanda alors Rose, de but en blanc.

— Je voulais parler de mes projets à Tony : j'ai mis au point un nouveau plan de forage qui nécessiterait d'importants investissements. Tony peut m'aider en achetant des parts. Mais pourquoi cette question ? s'étonna-t-il en croisant l'intense regard de sa femme.

— Ton métier compte plus que tout au monde pour toi, n'est-ce pas ?

— Je ne dirai pas cela, fit-il en soufflant des volutes de fumée au plafond.

— C'est pourtant ce que tu me laisses entendre. Tu n'as pas besoin d'une femme : tu n'as pas de temps à lui consacrer.

— Tu m'étonnes. Je crois que nous avons autant besoin du mariage l'un que l'autre, précisa-t-il, amer.

Rose rougit au souvenir des nombreuses heures de bonheur qui les avaient réunis.

— Tu sais, les gens changent, murmura-t-elle d'une voix à peine audible.

— Tu n'as pas changé, Rose. Tu ne veux faire aucune concession, c'est tout. Tu veux tout à la fois : c'est là où le bât blesse...

— Tu es injuste, se rebiffa-t-elle aussitôt. Cesse de me traiter comme une enfant. Les hommes ne tiennent compte que de leur propre vision du monde.

— Ils n'ont guère le choix, de nos jours ; les femmes sont obsédées par le désir de prouver qu'elles existent, comme s'il s'agissait de le prouver... enfin, si tu as décidé de divorcer, tu vas être déçue : il n'en est pas question.

Rose blêmit. Mais elle étouffa la colère qui grondait en elle. Plus elle s'énerverait et plus il la provoquerait : elle ne devait, en aucun cas, apporter de l'eau à son moulin ! Ignorant la physionomie moqueuse de son mari, elle lui parla calmement.

— Au sujet du divorce, je n'avais pas l'intention de te demander ton avis. En ce qui me concerne, notre vie commune est arrivée à son terme. Je vais reprendre mon existence là où je l'avais interrompue pour te suivre il y a un an. Alors, je te prie de me laisser poursuivre seule ma route...

— Tu as tort, ma petite chérie : nous nous sommes seulement disputés ; tu es partie, sachant que je ne pouvais pas te rejoindre immédiatement à cause de mon travail.

Rose bondit de sa chaise.

— Notre séparation était définitive. Pourquoi reviens-tu sur ta parole ?

— Tous les couples connaissent des discussions orageuses. Ils prononcent des paroles qu'ils regrettent ensuite... Mais pourquoi t'en vas-tu ?

Rose avait tourné les talons et se hâtait vers la porte. Paul se précipita vers elle et l'agrippa aux épaules. D'une poignée énergique et sans pitié, il l'obligea à lui faire face.

— Je te parle ! Réponds à ma question !

— Tu sais très bien pourquoi je quittais la pièce. Tu veux m'accabler de tes discours pour que je me soumette à ta volonté, comme je l'ai fait autrefois. Note que je t'ai parlé au passé...

— Parce que tu t'imagines que je n'obtiendrai plus rien de toi ? fit-il d'une voix rauque. Ne me provoque pas. Nos désirs sont suffisamment forts pour...

— Tu ne m'attires plus comme avant, s'écria-t-elle, les nerfs à fleur de peau.

— Tu marches sur une corde raide, ma chérie, siffla-t-il. Veux-tu que je te le prouve ?

— Tu vois, tu cherches à profiter de ta supériorité physique et de... ton charme pour me séduire.

— Je regrette que ce soit là ta pensée, lança-t-il, sardonique. Tu as dû bien changer en effet pour confondre l'amour et le désir.

Rose sentit ses mains devenir moites. Pour la première fois, il lui sembla que Paul la regardait comme une étrangère.

La sonnerie stridente du téléphone interrompit leur altercation. Il la relâcha brusquement pour aller répondre. Cinq minutes plus tard, il quittait l'appartement.

Tony Spelling se pencha vers Rose et lui sourit.

— J'organise une petite réception ce soir ; je serais heureux si vous et votre mari vous joigniez à nous...

Elle lui rendit timidement son sourire. Il l'avait amenée à son club pour lui offrir un délicieux repas. Il s'était beaucoup intéressé à son métier, la questionnant sans cesse. Il lui promit un travail dans son institut de beauté qui devait ouvrir ses portes quelques mois plus tard.

Rose dut reconnaître que le charme de Tony Spelling ne la laissait pas indifférente. Aussi se mit-elle sur ses gardes. Pour répondre à son invitation, elle pesa ses mots.

— Je regrette de ne pouvoir accepter tout de suite : j'ignore quels sont les projets de mon mari pour ce soir. Je lui demanderai de vous téléphoner.

Rose passa le reste de l'après-midi à faire des courses. Elle regagna l'appartement vers six heures. En pénétrant dans le hall, elle entendit Paul conversant au téléphone. Il s'était lové dans un des gros fauteuils du salon. Il avait défait sa cravate, ouvert sa chemise, découvrant sa peau lisse et bronzée. Avec ses longues jambes étendues devant lui, il paraissait immense. Sa tenue désinvolte ne faisait qu'accroître son charme et Rose sentit son cœur s'affoler. Ses paquets à la main, elle hésitait sur le pas de la porte, ne sachant que lui dire.

Il dut percevoir sa présence car il se retourna brusquement vers l'entrée.

— Bonjour ! As-tu bien déjeuné ? demanda-t-il en reposant le combiné. Et ce rendez-vous ?

Le ton de sa voix était glacial. Elle ne daigna pas lui répondre.

— Tony nous invite ce soir à son hôtel pour un cocktail. Je lui ai dit que tu lui téléphonerais.

— Comment s'est passé ton entretien ? insista Paul.

— Je vais travailler dans son institut de beauté.

— Quelle victoire éclatante ! railla-t-il.

Rose haussa les épaules. Une expression de dépit durcit les traits de Paul. Aussitôt, l'hostilité qu'elle tentait d'enfouir au fond d'elle-même se raviva. Pourtant, le souvenir de ces belles mains fines sur sa peau la fit frémir un instant. Leur bonheur passé était si proche qu'il l'attirait comme dans un vertige. Elle s'arracha péniblement à ses réminiscences et le regarda froidement, attendant qu'il parle.

— A quelle heure commence cette soirée ? demanda-t-il enfin.

— Tu es supposé appeler Tony...

Rose se mordit les lèvres. Pour rien au monde elle ne l'accompagnerait : se retrouver à ses côtés dans leur voiture lui était insupportable. S'il décidait de faire autre chose, elle prendrait un taxi et irait seule.

— Je ne t'oblige pas à y aller. Je peux... Je ne voudrais pas bouleverser tes projets, bredouilla-t-elle.

— Mes soirées sont libres actuellement. Mes nuits également...

Un défi perçait sous sa voix traînante. D'un gracieux mouvement d'épaules, Rose signifia son impatience.

— Je voulais seulement te dire que je n'ai pas

besoin de toi. Je ne te demandais pas de me rendre un service en m'accompagnant.

— Tu es pleine de bonnes intentions à mon égard, ma chérie ! Je vais appeler Tony.

Non sans anxiété, Rose prit place aux côtés de Paul dans la voiture. Cette soirée s'annonçait mal : il lui faudrait se présenter comme l'heureuse Mme Standring, épanouie par le mariage. Tant que le divorce ne serait pas requis, il lui faudrait jouer la comédie. Tout son être supportait mal cette lugubre mise en scène.

— Je suis ravi de vous voir ! s'écria Tony à leur arrivée.

La main négligemment posée sur le bras de son mari, Rose s'efforça de sourire.

Fort heureusement, la bonne humeur générale régnait. Un dîner succulent, des vins de grand cru, un personnel discret et aimable contribuèrent à rendre l'atmosphère chaleureuse. Lorsque les invités commencèrent à danser, Rose évita soigneusement Paul. Ce ne fut d'ailleurs pas une tâche ardue car de nombreux cavaliers se la disputèrent pendant un bon moment.

Puis Tony lui proposa de danser.

D'un pas étonnamment léger, il l'entraîna sur la piste. Peu à peu, elle oublia sa tristesse, dansant et riant, s'étourdissant au rythme de la musique.

— C'était fort agréable, sourit-il, malicieux. Vous dansez admirablement bien, madame Standring.

— Appelez-moi Rose, proposa-t-elle, sentant le regard de Paul peser sur eux.

— Seulement si vous m'appelez Tony. Maintenant, je dois retourner vers mes autres invités. Mais avant, j'aimerais que vous me promettiez une autre danse ce soir.

— Avec plaisir, répondit-elle gracieusement.

Paul se dirigeait vers elle lorsqu'un jeune homme

vint lui proposer la prochaine valse. Tout en évo-luant sur la piste dans ces bras inconnus, elle aperçut Paul discutant avec Tony. « Pourvu qu'il n'entrave pas mes projets », se dit-elle, traversée par une vague appréhension.

La soirée continua, très agréable pour la jeune femme. A deux reprises, Paul s'était avancé vers elle, pour l'inviter. A chaque fois, elle avait réussi à l'esquiver de justesse : s'il la prenait dans ses bras, jamais elle ne parviendrait à lui cacher ses senti-ments. La seule façon pour elle de s'affirmer était de se montrer distante, presque indifférente. Peut-être alors avait-elle une chance de ne pas succomber...

Mais il vint un moment où il ne lui fut plus possible de l'éviter. Paul lui prit fermement la main.

— C'est toi ? fit-elle sereinement. Excellente soi-rée, n'est-ce pas ?

A la vue de son visage sombre, de ses sourcils froncés, l'inquiétude la saisit. Elle voulut reculer.

— Cesse de vouloir m'impressionner. Tu te conduis comme si j'étais le diable en personne !

— Tu me fais mal, fit-elle aussi bas que possible afin de ne pas attirer l'attention sur eux... Tu m'écrases les doigts, et je n'ai pas peur de toi !

— Si, tu as peur. Ecoute-moi deux minutes : soit tu cesses de me fuir soit je te donnerai de bonnes raisons de le faire. Compris ?

Ils étaient suffisamment proches pour que Rose distingue le léger tremblement de sa mâchoire. Désemparée, elle tenta de se dégager. En vain.

— Je dois aller téléphoner. Quand je reviendrai, je veux que tu te conduises comme ma femme et non comme une jeune écervelée.

Il serrait sa main sans pitié aucune. Elle ne put protester au risque de créer un scandale...

Enfin, il la relâcha puis il sortit de la salle. Bouleversée, Rose s'assit à la table la plus proche.

Presque aussitôt, elle entendit quelqu'un s'asseoir à ses côtés.

— Vous êtes seule ? fit la voix de Tony.

— Paul doit revenir d'un moment à l'autre.

— Vous êtes toute pâle… Laissez-moi aller vous chercher à boire.

— Non, non, vraiment. Je… je suis fatiguée. J'ai trop dansé sans doute.

— Je vous laisse alors, fit-il en se levant.

— Tony ? M'en voudriez-vous beaucoup si je partais maintenant ? J'ai une migraine et je crois que ce serait plus sage.

— Je peux vous apporter un calmant, proposa-t-il en la dévisageant avec curiosité.

— Non, merci. Je vais retrouver Paul.

Rose comprit que son attitude surprenait son hôte. Mais elle ne supporterait pas d'affronter son mari au milieu de tous les invités : ses nerfs étaient à bout.

Quelques minutes plus tard, elle avait pris son manteau au vestiaire et s'engouffrait dans un taxi.

Pendant le trajet, elle prit la décision de chercher, dès le lendemain, un endroit où dormir. Elle tâcherait aussi de trouver un travail temporaire en attendant celui que lui avait proposé Tony.

Sitôt arrivée, elle se coucha, épuisée. Paul ne tarda pas à rentrer : l'eau coula dans la salle de bains, dans la cuisine, puis tout redevint silencieux. Soudain, un bruit de chute résonna à travers tout l'appartement. Il y eut un cri étouffé. Etait-ce Paul ? Son sang ne fit qu'un tour. Et si quelqu'un avait fait effraction chez eux, croyant la maison vide… Elle alluma la lumière, serra ses couvertures contre elle et tendit l'oreille.

La porte s'ouvrit tout doucement. C'est à peine si elle osait respirer…

— Diantre ! s'exclama Paul, ahuri. Ne fais pas

cette tête-là ! Je t'apporte une tasse de thé et de l'aspirine. Tony m'a dit que tu avais la migraine.

Elle ne put s'empêcher de soupirer profondément, amusée par sa propre sottise, tout à coup.

— J'avais entendu du bruit : je croyais qu'un étranger s'était introduit dans la maison.

— Je suppose qu'en un sens, tu peux me considérer comme un étranger... J'ai trébuché sur un coin du tapis. Désolé de t'avoir fait peur.

D'un geste enfantin, Rose repoussa ses boucles en arrière. Tout à coup, elle prit conscience de la large échancrure de sa chemise de nuit. Pudiquement, elle ramena les couvertures sous son menton. Son geste n'échappa pas à son mari.

— Compte tenu des nombreuses heures que nous avons passées dans les bras l'un de l'autre, je trouve ta pudeur plutôt ridicule. Tu n'as rien à craindre de moi. Ce n'était pas néceessaire non plus d'inventer ce mal de crâne pour me fuir... Je te préférais encore lorsque tu protestais contre ton rôle de femme soumise. Au moins, étais-tu franche et directe.

D'un geste brusque, il posa le plateau sur la table de nuit et se dirigea vers la porte. Il se retourna un instant vers elle. A la vue de son sourire figé, elle comprit qu'il allait lui adresser quelque sarcasme.

— J'aurais dû me douter qu'une femme comme toi était trop belle pour être vraie ! Qu'à l'avenir le ciel me protège des créatures trop exquises de la gente féminine ! Elles n'ont rien d'autre à nous offrir que leurs charmes physiques.

Rose serra les couvertures entre ses poings crispés. La porte de sa chambre se referma violemment.

L'appartement sombra dans un profond silence qu'aucun bruit de la rue ne vint troubler. La tristesse envahit la jeune femme. L'amour de Paul pour elle s'était définitivement éteint. Tout espoir de reconstruire une vie commune, différente de celle du

34

passé, venait de mourir, laissant place à un vide immense...

Rose se leva de bonne heure et partit se laver sur la pointe des pieds, guettant le moindre bruit. Mais l'appartement demeura silencieux. Elle enfila un peignoir puis se rendit dans la cuisine qu'elle trouva vide. La porte de la chambre de Paul était grande ouverte : il était déjà parti.

Soulagée d'éviter un pénible face à face, elle mangea un copieux petit déjeuner. Elle préférait ne pas savoir où il était parti : il était grand temps qu'elle prenne des initiatives. Trouver du travail et un logement serait les premiers maillons de son indépendance.

Elle appela tout d'abord son ancien employeur. Mais il ne lui laissa aucun espoir : deux personnes venaient d'être embauchées. « Nous vous écrirons », s'entendit-elle répondre poliment.

Elle prit ensuite contact avec différentes agences immobilières. Les prix annoncés étaient exorbitants. Sans grande conviction, elle leur laissa son adresse.

Rose reposa le combiné lorsque la voix grave et moqueuse de Paul se fit entendre.

— Désolé, mais tu ne déménageras pas !

— Que veux-tu dire ?

— J'ai pourtant été clair, tu restes ici... Ton grand-père doit venir et je ne veux pas que tu perturbes son séjour ici. La seule chose qu'il nous reste à faire pour qu'il se sente heureux est de nous conduire comme un couple uni et... amoureux, ajouta-t-il, fielleux.

Révoltée, Rose serra violemment ses bras l'un contre l'autre.

— Tu l'as fait exprès, n'est-ce pas ? Pourquoi t'obstines-tu à m'empêcher de vivre seule ?

— Tu prétends adorer ton grand-père ! Le moment est venu pour toi de le prouver ! Actuellement, il a terriblement besoin de toi ; nous allons lui offrir de belles vacances.

— Ma mère vient-elle avec lui ?

— Non. Je dois aller chercher Sam ce matin. Ne vas pas t'imaginer que sa présence change quoi que ce soit à notre relation. Je te demande seulement d'avoir l'air... normale !

Un imperceptible sourire releva le coin de ses lèvres. Rose eut alors la certitude qu'il se moquait d'elle. Mais que faire ? En invitant Sam, il venait de l'emprisonner dans une situation sans issue.

— Et si j'allais chez maman ? Je pourrais lui tenir compagnie.

Le beau visage régulier de son mari se contracta et un frisson d'appréhension parcourut la jeune femme.

— Je t'interdis de faire un pareil affront à ton grand-père.

— Cesse donc de me menacer ! cria-t-elle. J'aime Sam et tu n'as pas le droit de juger mes sentiments. S'il y a bien quelqu'un d'hypocrite ici, c'est toi : tu utilises Grand-Père comme un prétexte pour m'obliger à rester avec toi !

Il devint tout pâle. Rose le connaissait trop bien pour ignorer qu'elle venait de le blesser profondément.

— Et si, juste pour une fois, tu cessais de ne penser qu'à toi-même ? Tu parles de sentiments mais tu ne sais même pas ce que c'est que l'amour...

Il passa ses doigts dans ses cheveux comme pour secouer sa colère.

— Il faut que je parte, annonça-t-il en consultant sa montre. Une personne viendra faire la cuisine et le ménage. Lorsque nous rentrerons ce soir, je compte sur ta présence... Grand-Père dormira dans *ma* chambre.

Rose enfouit ses mains tremblantes dans les poches de sa jupe.

— Et toi, ou dormiras-tu ?

— Dans *ta* chambre, rétorqua-t-il froidement.

Elle lui tourna le dos, trop bouleversée pour continuer à discuter.

3

Toute la journée Rose prépara la venue de son grand-père. Elle fleurit les grands vases de Chine du salon, de roses et de glaïeuls ; elle apporta beaucoup de soins au dîner, choisissant les recettes des meilleures spécialités canadiennes.

Quand les deux hommes arrivèrent, un mélange subtil de parfum et d'odeur de bonne cuisine flottait dans l'air.

— C'est merveilleux de t'avoir avec nous, Grand-Père ! s'écria-t-elle en se haussant sur ses talons pour l'embrasser sur la joue. Tu as l'air un peu fatigué... Que dirais-tu d'un apéritif ?

Paul se dirigea vers le bar, un meuble en chêne en forme de fer à cheval.

Lorsqu'il tendit un verre à sa femme, elle évita soigneusement le contact de ses doigts. Mais il se pencha sur elle pour déposer un léger baiser dans son cou avant de prendre place aux côtés de Sam sur le divan. Il posa affectueusement le bras sur les épaules du vieil homme.

— Comment vous sentez-vous, cher ami ?

— Bien, je me plais ici ! leur sourit-il.

A sa grande surprise, Rose dut avouer que le repas fut très agréable malgré la tension qui régnait entre Paul et elle. La conversation roula gaiement sur des sujets divers. Ils s'assirent confortablement dans les fauteuils du salon pour prendre leur café. Grâce à une lumière tamisée, la pièce était intime malgré ses dimensions imposantes.

Paul offrit à Sam d'excellents cigares qui emplirent l'atmosphère de leur odeur suave.

— Je n'avais rien fumé d'aussi bon depuis des siècles, déclara rêveusement le vieil homme.

Rose, assise aux pieds de son grand-père, évitait le regard de Paul où brillait une profonde satisfaction.

— J'ai déposé un étui de ces cigares sur votre table de nuit... Il est sage de savoir profiter des bonnes choses, fit-il, taquin.

La soirée s'acheva paisiblement. A la vue des traits tirés de son grand-père, Rachel lui proposa une infusion. Peu de temps après, Sam partit se coucher.

Préférant éviter son mari, elle se réfugia dans la cuisine pour faire la vaisselle. Il dut partager ses sentiments car il ne vint pas lui proposer de l'aide. Il fit mine de s'absorber dans la lecture de son quotidien.

— J'ignore quels sont tes projets pour ce qui est de dormir, observa-t-elle lorsqu'elle eut fini, mais en ce qui me concerne, je suis fatiguée. Je vais me coucher.

— Je peux difficilement m'installer dans le salon. Si ton grand-père venait à se lever cette nuit, il ne comprendrait guère ce qui se passe. Je m'installerai par terre, dans notre chambre...

Se moquait-il d'elle ? Rose ne savait plus sur quel pied danser. Quelles intentions se cachaient derrière ses paroles toujours caustiques.

Il s'étira paresseusement, se leva et lui prit le bras. Elle sentit son cœur s'emballer, mais sa fierté lui dicta de le cacher soigneusement.

— Tu es bien décidé à profiter jusqu'au bout de cette situation ! s'exclama-t-elle, l'air pincé.

— Ne t'es-tu pas demandé, à tort, quelles intentions diaboliques me poussaient à partager ta chambre ? Ne suis-je pas ton mari, avec tout ce que cela implique ? Tu sembles l'oublier...

Il fit une pause, son regard incisif fixé sur elle.

— Mais détrompe-toi, poursuivit-il sur un ton cinglant : je n'aime pas recevoir ce qui n'est pas librement donné. Cesse donc de me prêter de fausses intentions.

Déconcertée, Rose secoua ses boucles dans un geste puéril.

— Je reste convaincue que tu as amené grand-père ici pour me forcer la main. Je n'aurai donc aucun remords à faire ce que je veux... Pourquoi faudrait-il que je cède à ton jeu machiavélique ?

Paul la poussa brusquement dans la chambre et referma la porte derrière eux. Penché sur elle, il la scruta longuement de ses yeux gris.

— Que cela te plaise ou non, il te faudra jouer le jeu. Autrement, il me suffit de dire un seul mot à Tony et ta carrière est brisée.

Elle le regarda comme s'il était brusquement devenu fou. Il la dominait de toute sa hauteur, chacun de ses traits trahissant son caractère inflexible.

Plus d'une fois, elle avait admiré cette détermination qui le caractérisait. Aujourd'hui, cette qualité se retournait contre elle. La jeune femme mesura amèrement l'ampleur de sa faiblesse face à l'allure farouche de cet homme, à son charme toujours empreint d'une légère ironie. Désespérément, elle tenta de relever son défi et déclara :

— C'est parfait, je saurai jouir de la liberté que tu daignes m'accorder... Mais au premier incident, Sam apprendra tout...

Ses paroles demeurèrent sans réponse : Paul avait quitté la pièce...

Profondément blessée, elle s'enferma dans la salle de bains pour reprendre son calme. Rose savait qu'elle avait les mains liées : jamais son grand-père ne prendrait son parti contre Paul. Il était tout aussi subjugué par sa forte personnalité qu'elle. En outre, sa génération n'admettait pas le divorce. Il ne ferait que rappeler affectueusement à sa petite fille ses droits et devoirs d'épouse.

Lorsqu'elle se glissa dans ses draps, son mari n'était toujours pas revenu. Elle éteignit la lumière et l'entendit entrer peu après dans la chambre. Il s'installa un lit de fortune sur le sol et se coucha aussitôt. Le sommeil vint chasser les sombres pensées de Rose.

Quand, le lendemain matin, elle pénétra dans la cuisine ensoleillée, des œufs et du bacon crépitaient dans la poële. Son grand-père était assis à la table où il mangeait avec appétit.

— Bonjour ! sourit-elle. Tu es seul ?

— Paul est parti chercher les journaux... C'est un cuisinier de premier ordre : ce petit déjeuner est délicieux !

Lorsque Paul revint, il posa sur la table les journaux ainsi qu'un sac provenant de la pharmacie. Rose vit son grand-père retirer de l'emballage une petite boîte de comprimés.

— Tu as une indigestion ? s'enquit-elle en reconnaissant la marque.

— Oui, mais sans gravité, intervint son mari... As-tu bien dormi, ma chérie ? Tu as beaucoup remué cette nuit ; j'ai donc pensé que tu te lèverais tard ce matin.

— C'est vrai, il est déjà dix heures. Je ne t'ai même pas entendu te lever ! susurra-t-elle.

Paul se pencha pour l'embrasser. Elle frissonna : la fraîcheur matinale avait glacé ses lèvres.

Rose se mit à manger du bout des lèvres. A deux reprises, son époux voulut lui servir des céréales.

— Tu sais très bien que je ne mange pas le matin ! s'impatienta-t-elle finalement.

— Tu ne devrais pas parler ainsi à ton mari quand il vient de réussir un si délicieux repas ! s'interposa Sam. Et il a raison : il faut se nourrir pour commencer la journée d'un bon pied.

Il leva sur le corps svelte de Rose un regard rêveur, plein de tendresse. Comment se fâcher avec une petite fille aussi charmante ? semblaient dire ses yeux.

— Paul a toujours eu un faible pour les femmes épanouies... ironisa-t-elle. Cela me fait penser à Nancy Bigland n'est-ce pas Paul ? Au fait, comment va-t-elle ?

— Elle égaye le triste paysage des derricks, persifla-t-il.

— Le remplir serait un terme plus approprié ! murmura la jeune femme sur un ton mauvais.

— Que penses-tu faire aujourd'hui demanda-t-il brusquement. Ton grand-père et moi devons sortir pour la journée.

— Et je ne peux pas vous accompagner ?

— Aujourd'hui, non ! Pourquoi n'irais-tu pas voir ta mère ? ou faire quelques courses ?

Rose ne daigna pas répondre. Elle débarrassa la vaisselle sale, puis, après l'avoir lavée, elle regagna sa chambre.

Mme Barnes, l'aide ménagère, vint en fin de matinée. Malgré ses soixante ans, elle se montra d'une vitalité débordante. Une masse de boucles poivre et sel entourait son joli visage rond. Les deux femmes bavardèrent un moment autour d'une tasse de café.

— Je n'ai nul besoin de travailler, expliqua-t-elle à Rose. J'ai une agréable demeure dans le Surbiton. Mais, depuis la mort de mon mari, il y a quatre ans, je ne supporte pas la solitude.

— Vous tenez merveilleusement bien cette maison : elle est toujours impeccable.

Mme Barnes prit un gâteau que lui tendait la jeune femme et le grignota pensivement.

— J'ai trouvé des draps et un oreiller dans l'armoire. Dois-je les mettre dans la machine ?

Il devait sûrement s'agir des draps de Paul, songea Rose. Il avait compté sans la vigilante Mme Barnes !

— Nous avons hébergé des amis, se hâta-t-elle de répondre, il se peut qu'ils reviennent ; il vaudrait donc mieux les laisser à leur place.

— Vous avez vraiment un mari charmant, déclara Mme Barnes, apparemment satisfaite par l'explication de Rose. Ah ! si j'avais votre âge…
Il m'a expliqué que le vieux monsieur dormait dans la chambre d'amis.

— Ah oui ! mon grand-père. Il est avec nous pour quelque temps. Vous verrez c'est un homme très attachant : je suis sûre que vous l'aimerez.

Vers midi, Tony Spelling téléphona pour savoir si Rose voulait visiter le chantier où s'achevait la construction de son salon de beauté. Elle accepta avec joie, heureuse d'échapper à ses tristes préoccupations.

Ils passèrent l'après-midi sur les lieux. Tony — non sans fierté — la guida à travers un dédale de fils électriques, de tuyaux et d'établis. Les travaux, bien avancés, laissaient deviner l'envergure de son projet. L'Institut, lui expliqua-t-il, serait le premier en son genre : il l'avait conçu comme un lieu de rencontre. Le vaste ensemble comportait outre les cabines de soins, un sauna, des pièces de détente, une bibliothèque et un salon de thé. Au fur et à mesure que Rose l'écoutait parler, elle comprenait à quel point elle aurait un rôle important à jouer ; le seconder serait un travail passionnant. Encouragée par toute la confiance qu'il avait mise en elle, la jeune femme n'hésita pas à apporter de judicieux conseils. Elle se permit d'exposer ses conceptions quant à la marche d'un tel établissement. Elle découvrit alors que ses vues étaient très proches de celles de Tony.

— Je suis ravi de constater votre goût à prendre des responsabilités ! s'exclama-t-il. Vos remarques pertinentes me seront précieuses. Vous serait-il possible de dîner ce soir avec moi, en compagnie des promoteurs ? Je suis parfois en désaccord avec eux... Il est possible que vous sachiez mieux les convaincre que moi.

— Je serais très ravie de les rencontrer, répondit-elle, sans l'ombre d'une hésitation.

Sitôt rentrée à l'appartement, Rose prépara le dîner et s'habilla pour la soirée. Paul et Sam arrivèrent au moment où elle s'apprêtait à partir.

— Je suis navrée, murmura-t-elle, confuse à l'adresse de son grand-père. Il faut que je m'en aille, j'ai un dîner important. Le repas est prêt. Je vous verrai plus tard.

Paul s'assombrit aussitôt. Une étrange expression se peignit sur ses traits. Elle rougit légèrement quand son regard tomba sur ses épaules nues et elle se hâta de fermer la porte derrière elle.

Le visage de son mari la hanta toute la soirée. Inexplicablement, elle se sentait coupable d'avoir apporté autant de soin à sa toilette pour une soirée où il ne l'accompagnait pas. Elle revoyait sans cesse ses longs doigts fins qui avaient si souvent caressé ses cheveux, sa peau...

Les relations de Tony apprécièrent la présence à leur table d'une jeune femme aussi séduisante. Ils discutèrent longuement avec elle ; Rose se montra en désaccord avec eux sur plus d'un point. Elle défendit ardemment ses convictions : ils devaient innover, prendre des risques.

Ils ne quittèrent le restaurant que fort tard et Tony la raccompagna jusqu'à l'appartement.

— Votre concours m'a été précieux, murmura-t-il, rêveur. Vous avez réussi à introduire une note artistique dans leurs vues trop pratiques... J'espère que votre mari ne m'en voudra pas de vous avoir ainsi enlevée. Puis-je me permettre de vous dire à quel point il a de la chance ?

Rose hésita un moment : elle ne voulait pas engager la conversation sur un ton trop personnel.

— Paul n'est pas très heureux de me voir travailler. Mais j'ai besoin de m'épanouir, et le projet que vous me proposez convient parfaitement à mes capacités... Je crois pouvoir vous aider, ajouta-t-elle en rougissant.

Il hocha vivement la tête en signe d'approbation.

— Vous serez aussi... un critère de beauté !

Rose regagna l'appartement à pas lents. Cette soirée avait été une réussite pour elle. Pourtant, une profonde nostalgie l'avait envahie pour ne plus la quitter...

Elle jeta un coup d'œil au salon. Sam avait dû aller se coucher. Seul, Paul y était assoupi sur le divan. Son visage, bien que détendu par le sommeil, conservait toute son énergie. Mais elle remarqua dans sa physionomie quelque chose d'enfantin qu'elle ne lui connaissait pas... Tout à coup, elle eut envie de le prendre dans ses bras comme s'il fallait le protéger contre quelque danger imminent. La blessure de leur séparation se raviva douloureusement en elle. Quelques semaines auparavant, elle le quittait, fermement décidée à ne plus le revoir. Ce soir, elle se serait enfoncée dans la poussière des champs pétrolifères pour être à ses côtés...

Elle se pencha vers lui pour le regarder, comme pour graver son image à tout jamais dans sa mémoire. A cet instant, Paul sursauta et ouvrit les yeux, la surprenant dans sa contemplation. Il la toisa avec insolence de ses yeux gris, froids comme de l'acier.

— Eh bien, il t'arrive encore de revenir... Raconte-moi ta merveilleuse soirée.

Il la saisit fermement aux poignets, la contraignant à s'asseoir à ses côtés. Frottant ses bras endoloris, elle lui lança un regard noir.

— Je suis sortie de mon travail. J'ai dîné avec Tony Spelling et ses collègues.

— Tony te prend comme associée ?

— Mais non ! Aujourd'hui, je suis allée visiter le chantier. C'est alors qu'il m'a demandé de...

— Lui accorder tes faveurs...

— Tu n'as pas le droit d'insinuer une chose pareille !

— Oh, mais si ! Et j'ai même d'autres droits...

Paul ne lui laissa pas le temps de réagir. Il l'immobilisa sur le divan sans prêter la moindre attention aux efforts douloureux de Rose pour se dégager. Ses lèvres vinrent se poser sur ses épaules nues, son cou puis le creux de sa gorge tremblante.

Elle s'était d'abord raidie pour tenter de résister aux sensations brûlantes qu'il faisait naître en elle. Mais cet homme exerçait sur elle un pouvoir irrésistible, et elle cessa bientôt de lutter contre cette douce chaleur qui s'insinuait en elle. Aussitôt, les baisers de Paul se firent tendres, provocants, exigeants.

Rose se laissa guider à travers ces chemins de délices qu'ils avaient si souvent empruntés par le passé. Ses caresses la laissaient pantelante.

Lorsque enfin il la relâcha, elle faillit le retenir, lui crier son désespoir. Mais elle se tut, ses yeux rivés au sombre visage ironique de Paul. Une fois de plus, elle s'était laissée ensorceler par son charme diabolique.

— Voilà qui effacera le baiser de Tony! dit-il enfin.

— Tony ne m'a pas embrassée! J'en ai assez des hommes! s'écria-t-elle, au bord des larmes.

— Vraiment? Veux-tu que je te prouve le contraire?

Il voulut la reprendre dans ses bras mais elle était déjà debout, le défiant des yeux. Soudain, il éclata de rire, portant la colère de Rose à son comble.

— C'est la dernière fois que tu m'humilies ainsi! Tu as dépassé les bornes, suffoqua-t-elle.

— Je dirais plutôt que je ne les ai pas suffisamment dépassées...

Paul était méconnaissable tout à coup. Toute chaleur avait déserté son regard. Chaque fibre de son être semblait exprimer sa rage silencieuse. Mais Rose refusa de se laisser impressionner.

— J'ai décidé de voler de mes propres ailes...

— Tu es « ma » femme et je garde ce qui est à moi. Tu n'es qu'une évaporée, uniquement préoccupée de ta petite personne. Tu réclames sans cesse plus de confort, plus d'argent, mais cela ne change rien : nous sommes liés par les liens du mariage. Je sais que la fortune de Tony te tente mais crois-moi : c'est sans espoir.

— Je t'interdis de te mêler de ma vie! Je...

— Tu aimerais divorcer pour tenter ta chance avec lui? Détrompe-toi. Il est bien trop préoccupé par ses projets pour s'embourber dans une nouvelle aventure amoureuse.

— Je ne suis pas une des ses conquêtes? riposta Rose, la vue brouillée par des larmes de fureur. Je ne sais pas quel jeu tu joues mais je te préviens : tu peux dès maintenant abandonner la partie. Je vais me coucher.

Et elle alla se réfugier dans son lit, dernier refuge de son désespoir. De cette soirée qui aurait pu être une des meilleures de sa vie, elle ne garderait qu'un horrible souvenir. Au moment où elle découvrait la profondeur de ses sentiments pour Paul, il se montrait méprisant envers elle comme jamais il ne l'avait été. Il lui reprochait son égoïsme mais il s'octroyait sans cesse des droits qu'il lui refusait par ailleurs. En était-il seulement conscient ? N'était-il pas parti toute la journée avec son grand-père sans même l'inviter, ni même lui raconter ce qu'ils avaient fait ? En revanche, elle devait lui faire un compte rendu détaillé de ses journées. Quant à sa jalousie envers Tony, elle n'était dictée que par la blessure infligée à son amour propre. Les hommes étaient-ils donc tous comme lui ? se demanda-t-elle, révoltée. Etouffant ses sanglots dans l'oreiller, Rose resta de longues heures sans pouvoir trouver le sommeil.

Le lendemain matin, Sam et Paul, installés dans la cuisine étaient plongés dans une discussion animée. Malgré sa fatigue, elle sut se montrer une femme gaie et prévenante à l'égard de son mari. Il prenait visiblement plaisir à ce petit jeu : de temps à autre, il haussait les sourcils, l'air narquois, sans que Rose puisse répondre à ses provocations.

Ils terminaient leur petit déjeuner lorsque Minnie arriva. Entièrement vêtue de vieux rose, elle ressemblait à une poupée de collection. A sa grande joie, Paul l'invita à se joindre à eux, ce jour-là. Elle saisit son bras et n'en parut que plus frêle au regard de la large carrure de son gendre.

La journée, exceptionnellement ensoleillée, fut plutôt agréable. Ils se rendirent au champ de courses et Paul misa une importante somme d'argent. La chance lui sourit, il gagna. Au dîner, ils sablèrent le champagne pour fêter l'événement. Ils finirent leur soirée dans un excellent cabaret où Minnie passa le plus clair de son temps à danser avec Paul. Ils avaient du reste beaucoup discuté au cours de la journée. Rose, perplexe, se demandait ce dont ils pouvaient bien parler. Lorsque Paul lui offrit de danser, elle ne put refuser bien sûr : Sam ne cessait de les contempler de son regard bienveillant. Jamais il n'aurait pu comprendre son refus.

Ils évoluèrent en silence, Rose concentrée à maîtriser ses sentiments. Paul très sûr de lui. Par moments, il l'attirait contre lui, apparemment soucieux de la protéger de la foule des danseurs. Elle sentait alors son agressivité se dissoudre pour faire place à une douce vague de tendresse. Instinctivement, elle avait fermé les yeux.

Ils rentrèrent ensuite prendre le café. Puis, Paul raccompagna Minnie pendant que Sam se couchait et que Rose s'apprêtait à l'imiter. Quand il rentra, il s'installa au salon et se mit en quête de choisir un disque.

Elle hésita un instant sur le seuil de la porte.

— Merci pour cette agréable journée. Je crois que nous l'avons tous appréciée, mais Sam en particulier, fit-elle timidement.

— Ne reste donc pas là, viens t'asseoir. Je ne vais pas te manger. Je ne te comprends pas. Te voilà indépendante et tu parais plus malheureuse que jamais.

Il lui avait parlé sur le ton condescendant qu'elle détestait tant. Selon son habitude, il usait de son art d'ironiser pour intimider son interlocuteur.

— Tu te trompes, répondit-elle, glaciale. Sans doute ne sommes-nous plus assez proches pour que tu me comprennes.

— En effet, fit-il en écrasant nerveusement son mégot dans le cendrier, tu ne cesses de me parler à distance ! Viens donc t'asseoir, j'ai à te parler.

Rose sentit son cœur chavirer. Une nouvelle fois, elle se trouvait confrontée à une situation qu'elle voulait fuir. Paul demeura impassible.

— Je... je suis fatiguée, alors sois bref.

Il se leva brusquement et s'approcha d'elle. Arrivé

à sa hauteur, il la prit par les épaules. Une lueur de tendresse avait maintenant remplacé l'indifférence dans ses yeux.

— Mais enfin, Rose, je…

C'est alors que Sam pénétra dans le salon. Il était blême.

— Excusez-moi, fit-il d'une voix rauque, mais je crois qu'il faudrait que j'aille à l'hôpital.

Il voulut gagner le divan et se serait écroulé si Paul ne l'avait pas soutenu fermement sous le bras. Rose courut chercher de l'eau-de-vie. « Pourquoi n'ai-je pas remarqué sa fatigue plus tôt ? se reprocha-t-elle amèrement, prise de remords.

Paul ne fit qu'accroître son affolement en repoussant vivement le verre qu'elle tendait à son grand-père.

— Va chercher de l'eau, ordonna-t-il en extirpant de la poche de Sam une plaquette de comprimés.

Dix minutes plus tard, ils étaient en route pour l'hôpital, Rose aux côtés de son grand-père à demi conscient. Elle pressait sa main dans la sienne, ne sachant que faire pour le soulager. Jamais de sa vie, elle ne s'était sentie aussi misérable.

Sam fut admis aux urgences. Une longue attente commença. Rose s'assit en silence sur le banc, se préparant au pire.

— Cette situation couvait déjà depuis longtemps, remarqua Paul, pensif.

— Et tu ne nous a pas prévenues plus tôt ?

— Non ! fit-il, laconique.

— Mais pourquoi ? pourquoi ? répéta-t-elle, hébétée.

— Sam ne voulait pas que je t'en parle.

— Maman et moi avions le droit de savoir… Est-il très malade ?

— Je ne sais pas, murmura-t-il en passant son bras autour des épaules de sa femme. Il a subi une série d'examens dont nous n'avons toujours pas les résultats. Les médecins avaient conseillé de l'hospitaliser en cas de crise.

— Mon Dieu. Je... j'espère que...

Sa phrase resta en suspens. Un silence, lourd de signification, s'installa entre eux. Puis Rose commença à s'agiter. Appréhendait-elle le résultat des analyses ? Etait-ce la chaleur étouffante de la salle d'attente ? Le bras de Paul la serrait doucement en signe d'encouragement. La peur se glissa dans son cœur, ses mains devinrent moites.

Ce fut seulement au petit matin qu'on vint leur annoncer que Sam ne courait aucun danger. Il lui faudrait rester encore quelques jours à l'hôpital, le temps nécessaire pour déterminer les causes exactes de son malaise.

Quand Rose et Paul arrivèrent à l'appartement, soulagés, l'aube commençait à poindre. Malgré le manque de sommeil, Rose ne put dormir.

Comme elle avait été naïve : Paul avait invité son grand-père pour qu'il soit à proximité de l'hôpital et non, comme elle l'avait cru, pour l'empêcher, elle, de déménager. Le jour où il était sorti seul avec Sam, il l'avait emmené subir ces examens. Il y avait eu aussi ces médicaments qu'elle avait remarqués le premier jour, au petit déjeuner. Elle eut honte de son aveuglement et se recroquevilla dans son lit, frissonnant malgré la chaleur. Quelques jours auparavant, une nouvelle vie s'ouvrait devant elle ; à présent, elle était comme un oiseau blessé dans son envol.

Paul, vêtu d'une robe de chambre, pénétra dans la chambre. Il portait deux tasses d'infusion à la main.

— Un peu de cela t'aidera à dormir... Sam est tiré d'affaire... Ne t'inquiète plus.

— Merci, fit-elle d'une voix étranglée. Je...

Elle ne put achever sa phrase. Sa gorge se noua. Elle éclata en sanglots. Magré ses efforts pour se contrôler, la tension nerveuse qu'elle avait accumulée ces dernières semaines faisait brutalement surface.

— Allons, allons, murmura Paul, apaisant.

Il se pencha et lui retira la tasse des mains.

— Si cela te gêne que je dorme ici, je peux occuper la chambre de Sam.

Mais Rose ne l'entendait plus.

— Je... je ne peux pas m'empêcher de trembler.

— Tu es encore sous le choc, c'est normal.

Jamais elle n'avait eu aussi froid. L'émotion l'avait submergée comme une lame de fond ; les raisonnements ne l'atteignaient plus.

Il prit alors une décision rapide : il se glissa dans le lit à ses côtés et la tint serrée contre lui jusqu'à ce qu'elle retrouve son calme.

Peu à peu, elle ferma les yeux ; le cauchemar des derniers jours s'effaça pour laisser place à une troublante sérénité. Elle s'endormit.

4

Rose s'éveilla, encore tout engourdie par la nuit éprouvante qu'elle venait de vivre. Elle se tourna lentement sur le côté et aperçut l'oreiller froissé de Paul. Elle se souvint alors s'être endormie dans ses bras. Il l'avait tendrement enlacée, lui parlant sans cesse comme à un enfant en détresse. Ses paroles avaient-elles été sincères ou s'excusait-il simplement de l'intransigeance de sa conduite envers elle ?

Rose ne s'était jamais représenté quel type d'homme elle aimerait épouser. Rétrospectivement, il lui était difficile de dire à quel instant naquit ce merveilleux mais inquiétant amour pour Paul. Pourtant, dès leur première rencontre, elle avait compris qu'un processus irréversible venait de bouleverser son existence. La conviction qu'il l'avait choisie au cours de cette première soirée l'avait remplie de fierté, la jetant dans un trouble profond.

Si elle l'avait rencontré couvert de poussière, harassé de fatigue après une journée de travail, peut-être aurait-elle pressenti l'incompatibilité de leur choix réciproque.

Mais il l'avait emmenée dans les restaurants les plus chics où elle s'était confiée à lui, mise en confiance par l'atmosphère feutrée des salles. Elle lui avait raconté la mort brutale de son père, survenue deux années auparavant ; elle lui avait décrit Sam comme l'être qu'elle chérissait plus que tout au monde...

Paul, habillé par les meilleurs couturiers de Paris, l'écoutait attentivement, son étrange regard énigmatique posé sur elle. La lumière vacillante des candélabres éclairait son beau visage harmonieux projetant sur leur conversation une lueur irréelle. Aussi, ne put-elle l'imaginer dans un autre contexte. Non pas qu'elle aimât le luxe : elle désirait seulement pouvoir s'accomplir dans la carrière qu'elle avait choisie et ne plus vivre dans cette petite communauté canadienne où elle étouffait.

Elle se souvint de cette nuit où Paul l'avait emmenée au théâtre, puis souper. Ils avaient marché en silence, sous la voûte céleste constellée d'étoiles. Avant de la quitter, il l'avait serrée passionnément dans ses bras, révélant son caractère fougueux. Il l'avait demandée en mariage et elle avait aussitôt accepté. Mais rapidement les doutes l'assaillirent : n'avaient-ils pas été victimes de la magie créée par la lueur tamisée des éclairages dans ces endroits feutrés, puis par ce merveilleux clair de lune ? A la lumière du jour, leur engagement se dessinait sous d'autres auspices.

Rose s'effraya à l'idée de partir à l'étranger, dans un pays dont elle ignorait tout, mariée à un homme qui était encore pour elle un inconnu. Lorsqu'elle le revit, elle voulut lui faire part de ses réticences, mais elle était tellement éprise qu'elle ne put se résoudre à lui parler. Déjà, il était trop tard pour reculer...

Rose se releva et s'habilla, réconfortée par la pensée de retrouver Sam en meilleure santé. Quand elle entra dans la cuisine, le petit déjeuner était prêt...

Paul ne leva pas les yeux de son journal.

— Sers-toi pendant que c'est encore chaud.

Quand tu auras fini, nous irons chez Minnie pour lui donner des nouvelles de Sam.

Toute trace de chaleur avait disparu de sa voix. Il se montrait plus distant que jamais.

Elle dégusta son jus d'orange en silence et s'efforça d'avaler un peu de bacon.

Durant le trajet, Paul ne lui adressa qu'une fois la parole.

— Je dois reprendre mon travail sans tarder. Dès que Sam sera rentré, je retournerai là-bas.

Rose ne fit aucun commentaire. Qu'aurait-elle pu lui dire ? Elle avait pris la décision de réussir dans son nouveau travail et de chercher un appartement. Mais elle ne pouvait admettre de voir Paul disparaître à tout jamais de sa vie ; le chagrin la rongeait intérieurement, secrètement, menaçant de ruiner son avenir... Quant à lui, il ne semblait rien appréhender du futur : ses chemins étaient tout tracés, et il les envisageait avec l'assurance de quelqu'un qui sait où aller.

Lorsqu'ils arrivèrent chez Minnie, elle dormait toujours. Ils durent prendre la clef de Rose pour entrer.

Tout d'abord, sa mère protesta vivement d'être ainsi réveillée. Elle se dressa sur son séant, vêtue d'une chemise de nuit aux tons pastels rehaussant son teint délicat.

— On ne fait pas irruption ainsi chez les gens à n'importe quelle heure ! lança-t-elle à Rose. Tu m'as fait une peur bleue... Quelle heure est-il ?

— Dix heures, l'heure à laquelle tu te lèves, plaisanta affectueusement sa fille.

— Paul est avec toi ?

Elle fit un signe de tête affirmatif. Le visage de sa mère s'éclaira alors comme par enchantement.

— Vous êtes venus m'annoncer la fin de votre séparation ? Il était grand temps ! Tu ne connais pas ton bonheur, tu sais... Tout de même, tu aurais pu attendre un peu pour venir me le dire : ce n'est pas une heure pour réveiller les honnêtes gens ! Je…

— Maman, interrompit patiemment Rose, il est tard. Paul est en train de préparer ton petit déjeuner. Tu ferais mieux de renoncer à tes suppositions. Attends que nous t'expliquions pourquoi nous sommes là.

— Alors vous ne vous êtes pas réconciliés ? Vous allez divorcer. Je le savais ! Dès que je t'ai vue devant moi, je l'ai deviné.

Rose ne put s'empêcher de rire. Sa mère, le visage soucieux, se dirigea vers sa salle de bains pour faire un brin de toilette. Elle enfila un peignoir et suivit la jeune femme dans la cuisine.

Elle ne soufflait mot, s'attendant au pire…

A la nouvelle de l'hospitalisation de Sam, elle commença par s'indigner : pourquoi n'avait-elle pas été prévenue ? Paul, avec son habituel sens de la diplomatie, sut se faire rapidement pardonner…

— Voilà pourquoi papa est rentré si précipitamment de la maison de repos ! Je me sens vraiment honteuse, murmura-t-elle en cachant son visage dans ses mains.

— Il y a de quoi ! plaisanta tendrement Paul. Je dois tout de même vous informer que l'idée de vendre la maison l'a bouleversé. Sa générosité l'a empêché de vous en parler. Les médecins m'ont assuré que son état était sans gravité : il n'a qu'une anémie dont un traitement viendra rapidement à bout.

Ce fut au tour de Rose de s'indigner :

— Et tu ne m'avais rien dit ! tu m'as laissé croire qu'il pouvait mourir.

— Je t'avais tout de même dit de ne pas t'inquiéter, répondit-il froidement.

Elle s'était tournée vers lui, ses grands yeux bleus étincelant de colère ; elle était assise le dos à la fenêtre, les rayons du soleil parsemaient dans sa chevelure de chauds reflets cuivrés. Un profond sentiment de détresse l'envahit soudainement. Elle fondit en larmes.

— Viens avec moi pendant que je m'habille, dit précipitamment Minnie. Je pars avec vous à l'hôpital...

A cet instant, le téléphone sonna : c'était un appel pour Paul, de l'étranger. Rose et sa mère montèrent dans la chambre.

— Je ne sais vraiment pas pourquoi tu t'es mise dans un état pareil. Ce serait plutôt à moi de pleurer en ce moment. Je me suis si mal conduite envers papa, si mal... Quelle inconscience !

— Tu n'es pas la seule à t'être mal conduite, si cela peut te rassurer, fit-elle avec un pâle sourire.

Elle aurait voulu tout expliquer à sa mère : comment elle était déchirée entre son besoin de mener une vie active et son désir de rester auprès de Paul. Mais le moment n'était guère opportun...

— J'espère que Paul est bien renseigné sur l'état de santé de grand-père, murmura-t-elle. J'ai cru deviner qu'il veut l'inviter au Canada, mais supportera-t-il un aussi long voyage ?

— Tu as l'esprit d'observation, ma fille : rien ne t'échappe. C'est vrai, Paul m'avait fait part de ce projet, mais il ne voulait pas que je t'en parle.

Minnie ajusta pensivement le col de son tailleur gris-bleu ; elle s'observa un instant dans la glace.

— Tu ressembles à Sam. Comme toi, il se pose toujours mille questions sur tout. A force de s'inquiéter inutilement, il tombe malade.

— Tu es injuste ! s'écria Rose, indignée. Le problème est que les évidences les plus flagrantes t'échappent !

Minnie enfila nerveusement des chaussures aux talons démesurément hauts.

— Il y a des évidences qui t'échappent à toi aussi,

ma fille... Paul est amoureux de toi et tu ne le vois même pas.

— Oh maman ! répondit Rose d'un ton chargé de désespoir. Tu vois seulement ce que tu as envie de voir. Tu ne veux pas admettre notre séparation, alors tu donnes libre cours à ton imagination ! Paul ne m'aime pas. Il ne s'intéresse qu'à son travail...

Rose s'approcha du miroir pour remettre un peu d'ordre dans sa coiffure. Elle se sentait terriblement lasse.

— Il aurait dû épouser quelqu'un comme Nancy Bigland.

— Qui est donc cette jeune femme ?

— Une femme qui attire tous les hommes autour d'elle comme un aimant. Son père, Jesse Bigland, est mort il y a six mois. Elle a hérité de lui sa passion pour le forage pétrolier et... une part importante des actions de la société : Nancy est aujourd'hui la principale partenaire de Paul.

— A t'entendre, j'ai l'impression qu'elle formerait un couple parfait avec ton mari. Eh bien, puisque les choses en sont là, tu n'as rien à regretter ! soupira Minnie en prenant son sac à main. Es-tu prête ?

La semaine s'acheva sans que Rose ait pu enrayer la profonde tristesse qui l'avait envahie. Son grand-père était en voie de guérison et Minnie avait abandonné son projet de vendre la maison. Le dimanche, ils allèrent au restaurant fêter la sortie de Sam de l'hôpital.

Paul se pencha au-dessus de la table pour tendre un cigare au vieil homme.

— Pourquoi ne vous installeriez-vous pas dans l'appartement ? proposa-t-il. Son propriétaire est à l'étranger pour plusieurs mois encore. Vous pourriez bénéficier de l'aide précieuse de Mme Barnes... Par la suite, j'espère que vous viendrez nous rendre visite au Canada. Nous serions heureux de vous faire visiter ce beau pays. Vous auriez ainsi l'occasion de rencontrer ma famille...

— Vous ne parlez jamais de votre famille, remarqua Minnie. J'ai cru comprendre que Rose n'a jamais eu l'occasion de la rencontrer?

— C'est exact. Mes parents ont un ranch mais je n'ai pas voulu y travailler. Je voulais être indépendant, mon père hélas, ne l'a pas compris : nous nous sommes disputés et puis... Pourtant, il n'est pas impossible que j'abandonne un jour la prospection pour retourner travailler avec eux...

Ces paroles plongèrent Rose dans le plus grand étonnement. Levant sur lui son visage perplexe, elle croisa son regard glacial. Ne vivait-il donc pas seulement pour le pétrole? S'était-elle donc trompée à ce point? Non, c'était impossible... Certes, jusqu'à ce jour, le forage s'était avéré vain, mais elle imaginait mal son mari retournant chez ses parents sur le double échec de leur union et de son travail. Alors pourquoi ce brusque revirement? Nancy Bigland était-elle à l'origine de ce comportement? Ce n'était pas inconcevable. Nancy adorait partir à l'aventure; se lancer dans l'exploitation d'un ranch n'était sûrement pas pour lui déplaire.

Plongée dans ses sombres réflexions, c'est à peine si elle entendit Sam répondre à Paul.

— Je serais heureux de rester quelque temps à l'appartement, puisqu'il me faut encore aller à l'hôpital pour passer des tests. Comme vous le dites, Mme Barnes est charmante et cela permettra à Minnie de se reposer.

Bien qu'il n'y ait pas eu le moindre reproche dans sa voix, sa fille rougit violemment.

— Tu n'as jamais été une... tu ne nous a jamais dérangées, bafouilla Minnie. Sans toi, la maison était devenue sinistre.

— Grand-père te préparait de bons petits repas, ironisa doucement la jeune femme.

Sentant sur elle le regard désapprobateur de Paul, elle tint ses yeux baissés.

Une piste de danse décorée avec goût ainsi qu'un excellent orchestre apportaient au restaurant une agréable note romantique. Peu à peu, Rose se laissa gagner par cette atmosphère chaleureuse ; lorsque Paul lui proposa de danser, elle n'eut pas le courage de refuser.

Il lui glissa un bras autour de la taille avant de l'entraîner parmi les autres couples. Un sourire narquois flottait sur ses lèvres.

— C'est très gentil à toi d'avoir pris le parti de ta mère au sujet de Sam : il a tant besoin de se sentir aimé...

« Il n'est pas le seul » faillit répondre Rose, mais elle se retint.

— Ma mère est pleine de bonnes intentions, elle essayait de... Mais quelle importance ? Sam est guéri maintenant et sorti de cette horrible maison de retraite.

— Sam est un homme heureux de pouvoir ainsi compter sur l'affection de sa petite-fille. Tu sais te montrer d'une tendresse débordante, ma chérie ! Dommage que tu n'en fasses pas profiter ton mari !

— Je ne comprends pas ce que tu veux dire...

— Je veux dire simplement que si tu détestes mon travail, tu n'as pas besoin de me détester pour autant.

— Mais, je ne te déteste pas ! Nous... nous n'avons rien à exiger l'un de l'autre, répliqua-t-elle confusément, troublée.

— En ce qui me concerne, j'ai quelque chose à revendiquer... C'est sans doute là que réside le malentendu entre nous.

Rose se réfugia derrière le masque de l'indifférence.

— Je ne te déteste pas, ni toi ni même ton travail. Mais tout ceci relève du passé. Il nous reste à nous préoccuper de l'avenir de chacun.

Paul pencha son visage vers elle pour déposer un rapide baiser sur son front. De sa main, il lui effleura les cheveux puis se mit à rire tout doucement.

— Je ne sais pas si j'ai envie de t'embrasser ou de te malmener ! Tu es vraiment une étrange créature. Tu es si imprévisible...

— Toi aussi ! Je n'étais pas au courant de ton intention de retourner au ranch. Bien sûr, cela ne me regarde pas. Ce que tu as fait ou feras ne me concerne plus.

— Et tu ne veux pas être impliquée dans mes projets, ma chérie ?

Une fois encore, il la narguait : jamais il ne lui par-donnerait de l'avoir quitté. La lassitude envahit la jeune femme.

— Avons-nous réellement besoin de reprendre cette discussion sans fin ? Je n'ai pas pu m'adapter à ton mode de vie, c'est tout. J'ignore encore quel sera mon avenir. Peut-être ai-je tort de croire que mon métier comblera le vide de mon existence. Quant à toi, si tu abandonnais le tien pour moi, tu commet-trais une erreur : tu risquerais de le regretter et de m'en vouloir...

— Qu'est-ce qui te permet de penser que j'aban-donnerais la prospection pour toi ? C'est toi qui es partie ma chérie, c'est donc à toi de revenir. Si ton amour pour moi s'effondre au premier obstacle, je n'en veux pas...

Paul prit l'avion le lendemain matin. Ils l'accom-pagnèrent tous à l'aéroport. Rose s'y rendit pour ne pas voir s'éteindre le beau sourire qui illuminait les traits de son grand-père.

Ils prirent un café en attendant le départ de l'avion. A l'annonce du vol, ils se dirigèrent tous les quatre vers la porte d'embarquement. Quand vint le moment des adieux, Sam et Minnie laissèrent le couple seul.

Paul abandonna alors son enjouement de circonstance ; son expression se durcit immédiatement.

— Mes derniers droits, chuchota-t-il, sarcastique.

Il prit alors Rose dans ses bras et la serra très fort contre lui. Sans d'autres égards pour les lèvres douces de sa femme, il s'en empara dans un farouche baiser. Puis, brutalement, il la lâcha et tourna les talons.

Pendant plusieurs jours, Rose fut hantée par le souvenir de ce baiser. Sam se portait comme un charme, ravi de séjourner dans cet appartement en compagnie de Mme Barnes ; il découvrit qu'elle aimait les échecs et elle devint rapidement une partenaire de premier choix.

Rose se mit en quête d'un logement. Mais sa recherche ne fit qu'accroître sa détresse : tous les studios correctement situés étaient d'un prix inabordable. Quelques jours plus tard, comme elle faisait part à Tony Spelling de ses échecs, il lui proposa un deux pièces au-dessus de son Institut. Elle accepta, mais devait encore patienter quelques mois. La vie lui parut alors d'une cruelle injustice : à l'heure où tous ses projets aboutissaient, il lui fallait payer le terrible prix de sa rupture avec Paul. Elle admettait difficilement qu'il pût lui manquer à ce point. Et pourtant... Elle s'efforça d'occuper chaque instant de ses journées pour tenter d'oublier sa voix grave, teintée de mélancolie, son regard pénétrant, la douceur de ses caresses...

Chaque jour, elle emmena son grand-père se promener dans Londres, visiter des musées, des expositions... L'excellent moral de celui-ci l'aidait à retrouver une santé de jeune homme. Elle lui avait expliqué que son éloignement de Paul n'était que provisoire et dû à leur travail respectif. Mais lui cacher son chagrin fut une rude épreuve. C'était un supplice de se forcer à la gaieté, à l'insouciance quand son cœur saignait...

Ses nuits étaient peuplées de cauchemars où elle voyait son mari dans les bras d'une autre... Peu à peu, ses insomnies commencèrent à la fatiguer.

Un soir où Minnie, Sam et elle-même avaient dîné ensemble, sa mère lui annonça, quand le vieil homme se fut installé avec Mme Barnes pour une nouvelle partie d'échecs :

— J'ai reçu une lettre de Georges ! Devine où il est ?

Rose s'était laissée tomber sur son lit ; elle se limait distraitement les ongles.

— Comment veux-tu que je le sache ? Il est sûrement grimpé sur le faîte d'un arbre à caoutchouc ! lança-t-elle avec mauvaise humeur.

Après avoir abandonné sa carrière dans la banque, son frère était parti faire le tour du monde. Il avait maintenant vingt-cinq ans mais ne semblait toujours pas décidé à mener une vie plus sédentaire. Il avait entrepris mille choses, depuis l'ébénisterie jusqu'au travail de garçon de café. Minnie l'avait à plusieurs reprises encouragé financièrement, ce qui avait permis à son esprit aventurier de concevoir un nombre impressionnant de projets.

Minnie éclata de rire devant l'humour caustique de sa fille. Elle saisit un flacon de parfum sur la coiffeuse et l'essaya sur ses poignets.

— Hum ! fit-elle en fronçant son petit nez retroussé. Ce parfum est exquis. Tu ne te refuses rien, dis-moi ! Malgré ta détresse, tu sais rester élégante et soignée.

— Merci. Quelles sont donc ces nouvelles au sujet de mon cher frère ?

— Ah, mais je ne te l'ai pas dit ? s'étonna Minnie, d'un air léger, un peu trop léger...

— Non.

— Il est à Calgary, chez les parents de Paul... Ensuite il compte aller vous voir !

Rose devint toute pâle ; Minnie prit place à ses côtés sur le lit.

— Georges semble tout ignorer de votre rupture. Il m'écrit être passé maître dans l'art de l'ébénisterie. Il... Il a sculpté un cheval en bois pour votre premier enfant.

— Voilà qui lui ressemble tout à fait. Il ne fait pas signe pendant des mois puis il refait brusquement surface pour offrir des cadeaux à un fils que je n'ai pas.

Rose se couvrit le visage de ses mains, pressant ses paupières de ses doigts tremblants pour retenir ses larmes. Minnie attira tendrement son visage contre le sien.

— Allons, allons, ne te laisse pas abattre. Je sais ce que tu as enduré à cause de ce bébé perdu ; mais c'est aussi bien ainsi, puisque vous êtes aujourd'hui séparés.

Elle caressa les cheveux souples et soyeux de sa fille et se tut un long moment.

— Je suppose que c'est inutile de te demander de m'accompagner là-bas ? continua-t-elle. J'aimerais tant revoir Georges ! J'ai décidé de le rejoindre chez Paul. Il n'a pas l'intention de revenir en Europe pour l'instant, aussi est-ce une occasion unique pour moi de le voir. Grand-Père restera avec Mme Barnes : ils s'entendent à merveille.

D'un geste enfantin, Rose essuya ses larmes du revers de sa main.

— Si tu crois que Paul va mettre Georges au courant de notre séparation, tu te trompes ! dit-elle. Il ne parle jamais de sa vie privée à personne. Il acceptera le cadeau de Georges : il lui dira qu'il le met de côté pour son fils, et puis c'est tout.

— Tu ne veux vraiment pas venir ? Dans quelques mois tu ne pourras plus t'absenter à cause de ton travail. Il te sera sans doute difficile de prendre des vacances avant un certain temps. Quant à Georges, il n'est pas prêt de rentrer. J'aimerais tant que nous soyons à nouveau réunis tous les trois. Qu'en penses-tu ?

La voix de Minnie vibrait d'espoir ; Rose regarda sa mère avec indulgence. Elle n'avait jamais vraiment vécu dans la réalité, ce qui, en un sens, faisait partie de son charme. La perspective de voir ses deux enfants réunis lui souriait tellement qu'elle en oubliait que le moment était fort mal choisi... Elle ne concevait jamais que ses désirs puissent ne pas se réaliser.

Rose hésita. Revoir son vagabond de frère n'était pas pour lui déplaire. D'autre part, elle ne voulait pas se l'avouer, l'espoir de revivre un jour avec Paul, soigneusement enfoui au fond d'elle-même, lui soufflait secrètement d'accepter. Elle prit une décision rapide.

— Je viendrai avec toi, dit-elle simplement.

Stupéfaite et ravie à la fois, Minnie se leva d'un bond et lui sauta au cou. Puis elle s'attarda un instant à contempler sa fille. Elle admira avec satisfaction l'ovale parfait de son visage où ses beaux yeux bleus avaient repris vie, tout à coup. Si la maigreur de son corps l'inquiétait, elle se garda bien de lui en faire part.

— Ne sois pas triste, mon petit. La vie est devant toi, et non pas comme tu sembles le croire, loin derrière toi.

5

Le voyage se déroula paisiblement. Georges vint les accueillir à l'aéroport. Une grande émotion s'empara alors de Minnie qui n'avait pas vu son fils depuis deux ans. Des larmes de joie coulèrent, des étreintes furent échangées. Elle ne recouvra son calme que lorsqu'elle fut confortablement assise aux côtés du jeune homme dans la voiture. Il ressemblait beaucoup à sa mère : il avait ses yeux pétillants et cette expression charmeuse, un rien enfantine. Comme elle, il était la spontanéité même. Minnie, éternellement fière de son fils, lui faisait mille petits reproches affectueux : ses cheveux étaient trop longs, ses jeans trop usés. Il avait oublié les règles de galanterie qu'elle lui avait inculquées. Elle ne cessa de le questionner...

— Comment sont les parents de Paul ? A quoi ressemble leur maison ? As-tu passé un bon séjour là-bas ?

— Ce sont des gens charmants. Ils ont une fille de vingt et un an : Betty.

— Jolie ? s'enquit sa mère, aussitôt sur le qui-vive.

— Il me semble. Betty aime l'artisanat : elle a une passion pour la fabrication de bijoux.

— Je ne peux pas t'imaginer derrière un

comptoir ! plaisanta Minnie. Tu n'es qu'un aventurier.

Elle se tourna vers Rose, assise à l'arrière de la voiture.

— As-tu déjà rencontré la sœur de Paul, ma chérie ? C'est tout de même étrange qu'il ne t'ait jamais présentée à sa famille...

— Son père à un caractère très obstiné, intervint Georges. Il ne partage pas les mêmes vues que son fils et ne fera jamais le premier pas pour se réconcilier avec lui. J'ai cru comprendre que Paul voulait acheter sa part du ranch, c'est d'ailleurs pour-quoi il est parti : il avait besoin d'argent. Son père s'en est froissé. En réalité, ils sont aussi têtus l'un que l'autre.

Ils continuèrent à bavarder, mais Rose ne les entendait plus. Elle contemplait ce paysage canadien, déjà si familier pour elle. Les champs verdoyants défilaient sous ses yeux comme un album de photographies dont on feuillette rêveusement les pages. Paul avait loué les terrains alentours pour sept ans avec la possibilité de reconduire le bail s'il trouvait du pétrole. Il en avait trouvé, en effet, mais il y avait de l'eau, beaucoup trop d'eau. Les investissements pour atteindre une nappe plus profonde auraient été considérables, donc peu rentables.

Rose songea aux rudes épreuves que son mari avait dû traverser. Au début, elle avait tout fait pour l'aider. Elle allait même sur les lieux du forage à l'heure du déjeuner pour faire la cuisine aux hommes. Mais rapidement, Paul s'y était opposé, estimant ce travail trop dur. Il avait engagé un cuisinier.

D'une personne réservée et aux goûts raffinés, elle s'était transformée en une jeune femme énergique, vêtue de vieux jeans et de chemises à carreaux. Non sans humour, Paul avait remarqué que même dans cet accoutrement, elle aurait pu poser pour un photographe de mode.

Elle savait aussi lui préparer de bons repas pour les soirs où il rentrait, exténué par son travail. Leur maison comportait une longue véranda et de larges baies vitrées donnant sur les bois et la campagne environnante. La cuisine, joliment meublée en pin du nord, était équipée d'un congélateur et d'un lave-vaisselle. Des fauteuils et des divans confortables trônaient dans une salle de séjour spacieuse, égayée par des coussins de soie de toutes les couleurs. Rose avait su rendre la pièce intime en y plaçant de magnifiques peaux de rennes et en la dotant d'abat-jour aux tissages multicolores. Les meubles rustiques choisis avec goût s'harmonisaient avec le vieux parquet de chêne qu'elle cirait régulièrement.

Georges venait d'obliquer à gauche pour s'engager sur un étroit chemin caillouteux qui l'obligea à réduire la vitesse. Bientôt, ils aperçurent les premiers derricks dressant à l'horizon leur étrange silhouette.

— Voici le royaume de la Biglang-Standring Corp. Inc., fit-elle en se penchant vers sa mère.

Le nom avait résulté de l'association entre Jesse Bigland et Paul. Un homme, à la stature de colosse, surgit de derrière un bureau en préfabriqué de la compagnie. Il repoussa sa casquette à visière sur le haut de son front et dévisagea les voyageurs avec curiosité. Rose reconnut Jake Denver, l'ingénieur en chef, qui possédait également des actions dans la société. Elle lui fit un petit signe de la main auquel il répondit par un large sourire. Comme tous les hommes du terroir, Jake avait une puissance de travail phénoménale. Il ne manquait pas de charme non plus, mais Rose avait toujours senti une certaine animosité entre Paul et lui. Paul manifestait envers cet homme la froide indifférence qu'il témoignait à tous ceux qu'il n'estimait pas sincères.

Georges arrêta la voiture devant la longue maison des Standring. Il déchargeait les bagages lorsqu'une jeune fille s'approcha d'eux, d'un pas hésitant.

— Quelle bonne surprise ! s'écria le jeune homme, le visage radieux. Pourquoi ne m'avez-vous pas prévenu plus tôt de votre arrivée ? Nous aurions pu faire le trajet ensemble ! Maman, Rose, puis-je vous présenter Betty, la sœur de Paul ?

— Je suis heureuse de pouvoir enfin vous rencontrer ! s'exclama Rose en embrassant affectueusement Betty.

Des yeux rieurs du même gris que ceux de Paul, plongèrent dans les siens. De jolies boucles noires encadraient son gracieux visage au teint mat.

— Je comprends pourquoi Paul ne vous a pas encore amenée chez nous : vous êtes trop belle pour ne pas exciter la jalousie des habitants de Calgary ! Quant à votre mère, je l'aurais prise pour votre sœur aînée !

Rosissant de plaisir, Minnie tendit vers elle sa joue au teint de pêche. Pourtant, Rose la soupçonnait de n'être pas vraiment réjouie de la présence de la jeune fille. Elle savait que sa mère admettrait mal de partager son fils qu'elle venait de retrouver avec une autre femme... Mais Betty ne se rendit compte de rien. Elle leur prit gentiment le bras et les entraîna vers la maison.

Rose dut faire un effort considérable pour ne pas se laisser gagner par l'émotion : tant de souvenirs étaient accumulés dans ces pièces, qu'à chaque pas son cœur se gonflait davantage.

Une femme au visage placide entra dans le salon, un plateau chargé de tasses sur le bras. Ses cheveux blancs contrastaient singulièrement avec sa peau lisse, dénuée de rides.

— Bonjour Sarah ! sourit Rose. Quel plaisir de vous trouver encore ici. Comment allez-vous ?

— Si vous pouviez vous imaginer le bonheur que c'est pour moi de vous revoir !

Ses yeux marron brillaient de tendresse. D'un geste maladroit, elle déposa le plateau sur une table basse, manquant de le renverser. Elle se releva, rouge de confusion :

— Excusez-moi, mais il y a réunies ici tant de personnes que j'aime... Je me sens un peu dépassée par les événements !

— C'est à moi de m'excuser, la rassura la jeune femme. Nous bouleversons vos habitudes. Ne vous inquiétez pas non plus pour le surcroît de travail : nous pouvons nous arranger.

— Ce n'est pas à moi de décider, mais...

— Bonjour ! fit une voix cristalline. Que de monde tout à coup ! s'écria la nouvelle venue : Pour une fois, nous sommes à l'étroit... si peu de gens passent nous voir.

Si les circonstances n'avaient pas été aussi pénibles, Rose aurait éclaté de rire à la vue de la mine stupéfaite de sa mère : Nancy Bigland venait de faire son entrée. Minnie la dévisageait comme si elle se trouvait en présence de quelque phénomène insolite.

Nancy Bigland n'était pas à proprement parler une jolie femme. Un épais maquillage ne dissimulait pas son teint trop pâle, mais il émanait de sa personne un dynamisme quasi magnétique. L'échancrure de son corsage laissait deviner une généreuse poitrine dont Nancy ne semblait que trop consciente. Une belle chevelure couleur fauve tombait en cascades sur ses épaules. De sa main où brillait une émeraude, elle repoussait sans cesses les mèches de cheveux rebelles, découvrant de splendides yeux bruns aux reflets dorés.

Malgré son allure provocante, elle savait rendre chaleureuse l'atmosphère d'un groupe. Mais aujour-

70

d'hui, son humeur était des plus orageuse et ne présageait rien de bon.

Estimant la présence de Nancy malvenue en cet instant de retrouvailles familiales, Rose se rembrunit. Quand les présentations furent faites et les quelques formules de politesse habituelles échangées, Nancy prit la parole.

— Comme il n'y a que trois chambres dans cette maison, Rose et sa mère pourraient venir dormir chez moi pendant leur séjour, proposa-t-elle le plus légèrement du monde.

Devant un tel toupet, Rose demeura interdite. Une vive indignation s'était peinte sur le visage de Minnie qui jeta un regard inquiet en direction de sa fille.

— Eh bien ! votre bonté n'a pas de limite ! railla Rose. Je...

— Je vous remercie Nancy, mais c'est inutile. Ma femme et moi avons notre chambre ; ma belle-mère et Betty occuperont les deux chambres d'amis. Georges couchera dans mon bureau.

Paul, vêtu d'un élégant costume beige, venait de faire irruption à son tour. Adossé au chambranle de la porte, il considérait sa femme avec une ironie non dissimulée.

Betty se précipita dans les bras de son frère.

— Tu m'étrangles ! protesta-t-il en riant.

— Pourquoi nous as-tu laissés sans nouvelles ?

Elle déposa un baiser bien sonore sur sa joue. Paul lui prit le menton et la contempla affectueusement.

— Je te raconterai tout cela un jour... Maintenant, puis-je accueillir ma femme ? ajouta-t-il après avoir dit bonjour à Minnie.

Quand il fut devant elle, Rose remarqua dans les yeux de Paul cette même expression qu'au jour de son départ de Londres. La soulevant de terre, il l'embrassa avant de murmurer :

— Sois la bienvenue, ma chérie !

Rose vit tournoyer la pièce autour d'elle. Ses yeux se fermèrent un moment. Sans paraître le moins du monde ému, Paul lui faisait comprendre qu'ils devaient une fois de plus jouer au couple uni.

Le thé fut servi peu après. Le petit groupe se lança dans une conversation animée à laquelle Rose ne participa pas. Elle observa son mari à la dérobée, se surprenant à admirer son profil, fin et énergique, ses yeux gris dont la clarté énigmatique constrastait avec sa peau, hâlée par le soleil. Elle baissa les paupières pour mieux cacher son trouble.

Lorsque Minnie, accompagnée de Betty, partit à la cuisine refaire du thé, Paul s'installa aux côtés de Rose sur le divan. Elle s'aperçut alors qu'ils étaient seuls : Nancy était partie, son frère s'occupait de monter les bagages dans les chambres. La jeune femme voulut alors s'esquiver :

— J'aimerais aller me rafraîchir, ce voyage m'a un peu fatiguée, mentit-elle.

— Tu sembles pourtant tout droit sortie d'un magazine de mode ! se moqua-t-il.

Il avait glissé son bras autour de ses épaules et l'observait avec gravité. Rose contrôlait difficilement l'émotion que faisait naître en elle ce contact où se mêlaient les souvenirs.

— Il est inutile de jouer la comédie lorsque nous sommes seuls, dit-elle en guise de défense. Il est déjà suffisamment pénible de mentir à ta sœur : elle est si gentille !

Sans répondre, il continua à la fixer intensément jusqu'au moment où Rose ne put soutenir davantage son regard. Elle s'agita sur son siège et s'empourpra.

— Mais pourquoi me regardes-tu ainsi ! s'écria-t-elle.

Paul partit d'un grand éclat de rire :

— C'est plus fort que moi. Tu es absolument

adorable. Le bleu de tes yeux a la profondeur d'un lac glaciaire et ton visage est tellement pur...

Du revers de son doigt, il lui caressa la joue.

— Je me demande pourquoi je m'acharne ainsi après l'impossible...

Rose eut immédiatement l'intuition qu'il se posait cette question à cause de Nancy. Elle ne se serait pas dérobée à ses avances, elle... Elle était là, tout près, disposée à prendre la place de l'épouse trop souvent absente de cet homme. Elle semblait au courant de leur rupture, sinon pourquoi l'aurait-elle invitée à dormir chez elle ?

— Parle-moi donc de Nancy... murmura-t-elle, n'y tenant plus.

— Que veux-tu que je te dise ! s'exclama-t-il en retirant aussitôt son bras.

— N'est-elle pas plutôt ton type de femme ?

— Explique-toi, Rose.

— Tu l'aimes ?... interrogea-t-elle en baissant la voix.

— Tu as envie que je te réponde oui ? Tu ne pourrais pas m'en vouloir si c'était le cas. Je suis un homme comme un autre, sans goût prononcé pour le célibat. Tu es partie en m'envoyant au diable. Eh bien, tu n'es plus la même pour moi à présent...

Rose sentit ses mains devenir moites, un froid glacial lui parcourut l'échine. Un bref instant, la pièce s'assombrit. Mais, sur ces entrefaites, Minnie entra avec le thé, suivie des autres.

— Je... je voudrais d'abord me rafraîchir, répéta Rose en baissant les yeux pour tenter à tout prix de cacher son désarroi.

— Tout compte fait, je crois que moi aussi, fit aussitôt Minnie, perspicace.

— Georges, veux-tu t'occuper de Betty pendant que j'accompagne Minnie ? demanda Paul.

Il saisit le bras de sa femme et ne le lâcha plus.

— Votre chambre, Minnie, dit-il quand ils furent

rendus. Si vous aviez besoin de quoi que ce soit, n'hésitez pas à vous adresser à Sarah ou à moi-même.

Rose pénétra dans leur chambre avec un pincement au cœur. Tout était comme lors de son départ.

— Tu... Rien n'a changé depuis que je suis partie.

— C'est exact. Chaque matin, Sarah nettoie la chambre ; chaque nuit, tu la hantes !

— Ne sois pas ridicule !

— Je ne plaisante pas. J'avais élu domicile dans une chambre d'amis.

Paul lui tourna ostensiblement le dos.

— Paul, je fais des efforts considérables depuis mon arrivée, mais tu ne me facilites pas la tâche !

— Je me demande quel peut être le but de tes efforts ?

— Je... je ne le sais pas moi-même. Peut-être trouverai-je la réponse ici. J'ai accompagné maman pour voir Georges. Sam est en bonne compagnie avec Mme Barnes.

— Il sera le bienvenu ici.

« Mais pas moi » songea amèrement la jeune femme. Un fol instant, elle voulut le supplier de lui donner sa chance, de reprendre avec elle une vie commune sur de nouvelles bases. Mais sa fierté enraya la force de son désir. Paul était déjà trop lointain, presque menaçant.

Soudain, il s'avança vers elle comme s'il avait perçu son tourment, sa détresse. Elle crut qu'il allait la prendre dans ses bras mais il enfouit les mains dans ses poches. Son ton se fit plus cynique que jamais.

— La maison a pris un air de fête depuis ton arrivée. Ce soir, Nancy organise une réception en ton honneur. Alors sois prête à sept heures : nous y sommes tous invités.

— Ma mère et moi sommes fatiguées par notre

long voyage. Je crois que ni l'une ni l'autre aurons envie de nous y rendre.

— Vous avez deux grandes heures pour vous reposer. Nous ne sommes pas obligés non plus d'y rester longtemps.

Le front plissé, les sourcils froncés, Paul la regardait en silence. Elle se tenait devant lui, frêle et fragile comme une enfant. Il lui sembla que Paul lui reprochait les contours harmonieux de son corps souple et mince, comme si elle n'était qu'un précieux bibelot. Il jugeait sa grâce infinie comme allant de paire avec une vulnérabilité intérieure.

— Je vais voir maman, fit-elle brusquement, ne supportant plus son regard acide.

Elle trouva sa mère occupée à défaire ses valises. Malgré le voyage, elle paraissait aussi fraîche que jamais.

— Que dirais-tu si nous sortions ce soir ? Nancy nous a tous invités chez elle.

Minnie effleura rêveusement les flacons de parfum et les produits de beauté qu'elle venait de disposer avec amour sur la coiffeuse.

— Je suppose que les décolletés sont de rigueur ?

— La manière dont s'habille Nancy fait partie de son personnage. Personne ne la prend très au sérieux.

— Même Paul ? fit Minnie sur un ton sec. Pourquoi nous a-t-elle proposé sa maison ? Il eût été plus logique d'inviter Georges et Betty. Enfin, heureusement qu'elle ne l'a pas fait, dans un sens. Ils sont si jeunes tous les deux, et je préfère avoir l'œil sur eux.

— Mais enfin maman, Georges a vingt-cinq ans ! Tu ne peux pas le garder sous ton aile toute la vie ! D'ailleurs, il t'a échappé depuis longtemps !

— Sans doute... Mais un mariage raté dans la famille, c'est suffisant ! Je n'en voudrais pas d'un deuxième...

— C'est ridicule ! s'exclama Rose, indignée.

— Ah vraiment ? Laisse-moi te dire une chose, ma petite fille : Nancy expose peut-être un peu trop ses atouts mais il semblerait qu'elle arrive à ses fins. Elle a décidé de s'immiscer dans votre couple et elle y parviendra. Cela se voit autant que ces derricks sur les champs pétrolifères, ajouta-t-elle en agitant le doigt en direction de la fenêtre. Pourquoi crois-tu qu'elle nous ait invités chez elle ? Maintenant, je vais me reposer ; tu devrais en faire autant et réfléchir à ce que je viens de te dire...

Paul pénétra doucement dans la chambre. Il lui restait une demi-heure pour se doucher et enfiler les vêtements qu'il avait préparés sur le lit. Il jeta un coup d'œil en direction de son costume pour s'apercevoir qu'il avait été déplacé et soigneusement posé sur le dossier d'une chaise, de l'autre côté du lit.

Rose s'était glissée sous les couvertures. Elle dormait à poings fermés. Sa boîte à bijoux, ses produits de beauté, sa brosse à cheveux avaient repris leur place sur la coiffeuse. L'odeur de son parfum flottait dans la pièce.

Paul serra nerveusement les lèvres. Comment ne pas se souvenir des merveilleux souvenirs qu'évoquaient ces objets ?

Sa toilette terminée, il vint se poster au pied du lit, les hanches ceintes d'une serviette de bain. Rose se retourna dans son sommeil, percevant une présence dans la chambre... Elle ouvrit les yeux, et une expression de frayeur se peignit sur son visage à la vue de Paul, torse nu, tout près d'elle. Sa peau lisse, la constitution athlétique de son corps, merveilleusement proportionné, ses cheveux en broussaille, encore humides, retombaient sur son front haut...

— Que fais-tu dans ma chambre ? murmura-t-elle d'une voix ensommeillée.

— Je te ferais remarquer que tu es dans la

mienne ! — et sans mon accord — ajouta-t-il en plissant des yeux, l'air menaçant.

Comme il se penchait vers elle, Rose se tassa sur elle-même : le désir d'être aimée, de sentir ses bras autour de ses épaules devenait intolérable.

Il lui jeta un regard glacial.

— Inutile de t'effaroucher. Je ne te toucherai pas !

Et il commença tranquillement à s'habiller.

— Tu ferais mieux de te préparer, reprit-il. Il est tard.

Elle se leva de mauvaise grâce et alla s'enfermer dans la salle de bains. Comme un fait exprès, la fermeture Eclair de sa robe se coinça. Il lui fallut demander l'aide de Paul. Les mains sur les hanches, une expression sardonique dans les yeux, il la regarda s'avancer maladroitement vers lui. Quand elle lui présenta son dos nu, elle retint sa respiration. Le plus petit contact de ses doigts contre sa peau la faisait frémir. Quand il eut fini, il posa les mains sur sa taille, l'invitant à lui faire face. Ils étaient si près l'un de l'autre qu'elle sentit sur son front la caresse de son souffle chaud. Elle crut qu'il allait baisser ses lèvres jusqu'aux siennes.

— Belle robe ! observa-t-il, laconique.

— Je suis contente qu'elle te plaise, rétorqua-t-elle sur le même ton.

Rose prit place devant le grand miroir à trois volets de la coiffeuse et commença à se maquiller. Elle ne pouvait chasser de sa mémoire l'expression hautaine de Nancy lorsqu'elle lui avait proposé l'hospitalité...

— Je suis étonnée de voir Nancy toujours célibataire, lança-t-elle. Je pensais qu'elle épouserait Jake Denver.

— Jake n'est pas homme à se marier, tu le sais bien. D'ailleurs n'aurait-il pas plutôt un penchant pour toi ?

— Ce n'est pas vrai !

Néanmoins, la remarque de Paul avait dû la troubler car sa main dévia et du rimmel entra dans son œil.

— Je ne sais pas pourquoi tu utilises ces produits stupides, s'écria Paul avec humeur. D'aussi beaux yeux que les tiens n'ont pas besoin de tant d'artifices.

Il partit rapidement vers la salle de bains, d'où il revint l'instant d'après, un coton humidifié à la main. Il souleva le menton de Rose entre le pouce et l'index pour lui tamponner son œil rougi par le produit. Un instant, il parut se laisser prendre au piège de l'attrait qu'elle exerçait sur lui.

— Ça va mieux ? fit-il doucement.

— Oui, beaucoup mieux, merci.

Rose soutint courageusement son regard. Mais il lui était de plus en plus difficile de garder son calme.

— Tu es extrêmement pâle... remarqua-t-il.

— J'ai eu une longue journée...

Il la lâcha et s'éloigna pendant qu'elle finissait de se préparer, s'efforçant d'ignorer la présence troublante de Paul. Mais elle apercevait dans la glace son profil fier, ses mâchoires qu'elle devinait serrées...

— J'ai réfléchi à notre sujet... hésita-t-elle.

— Et puis-je connaître tes conclusions ?

— Peut-être aurais-tu été plus heureux avec Nancy.

— Mais je n'ai pas épousé Nancy. Ce que je fais maintenant ne concerne plus que moi.

— Alors, oublie ma question. Je voulais seulement te dire que si tu veux épouser Nancy, je ne m'y opposerai pas.

Elle attendit sa réponse, s'efforçant de se préparer au pire. Comme il ne disait rien, elle se tourna vers lui. Il se taisait, confirmant par son silence les doutes de Rose. La mort dans l'âme, elle reprit place devant la glace. Mais brusquement, il s'élança vers elle et d'une main, l'obligea brutalement à se lever. Ses bras se refermèrent sur elle et la contraignirent en une douloureuse étreinte. Quand ses lèvres pressèrent durement les siennes, Rose sentit les larmes perler à ses paupières. Son baiser sauvage la meurtrit comme un coup de poignard.

— Voilà pour te rappeler que nous sommes toujours mariés... et que tu fus un jour ce que je possédais au monde de plus précieux.

Ils arrivèrent rapidement à la maison de Nancy, située non loin de la leur. Bien que plus spacieuse, elle était construite sur le même modèle.

La jeune femme les attendait sur le perron. Moulée dans une robe longue de satin cramoisi, elle exerçait sur l'œil une étrange fascination.

Ils se trouvèrent bientôt dans le vaste salon où Rose reconnut la plupart des invités. Elle aperçut Jake Denver, discutant avec ses collègues. Dès que leurs regards se croisèrent, il lui fit de grands signes de la main, accompagnés d'un sourire radieux — ce qui ne fut pas du goût de Minnie...

— C'est un bel homme, mais je n'aime pas sa façon de te regarder ! lui chuchota-t-elle à l'oreille.

— Jake adore courtiser. Nous pensions qu'il épouserait Nancy à la mort de Jesse Bigland.

— Elle l'y encourage en tout cas... Tu as vu ce scandaleux décolleté ?

— Tu t'y habitueras bien ! sourit Rose.

— Jamais ! Tu as bien fait de quitter cet endroit : il n'est vraiment pas fait pour toi.

Nancy attirait l'attention de tous sur Paul pour qu'il prenne la parole.

— J'aimerais vous présenter Mme Barclay, ma belle-mère, son fils, Georges et ma sœur Betty. Quant à Rose, je crois que tout le monde la connaît déjà !

Les invités levèrent cordialement leur verre. Minnie avait déjà réussi à se glisser entre Georges et Betty…

Jake Denver se pencha vers Rose pour lui chuchoter à l'oreille :

— Vous nous avez beaucoup manqué. Etes-vous ici pour longtemps ?

— Aussi longtemps que dure le présent ! répondit-elle, malicieuse.

Elle porta la coupe de champagne à ses lèvres lorsqu'elle croisa le regard sombre de Paul. Son hostilité s'adressait-elle à Jake, à elle-même ou à tous les deux ? se demanda-t-elle, perplexe.

Mais de nouveau, Jake lui parlait.

— Les langues sont allées bon train en votre absence…

— Les commérages caractérisent tous les groupes vivant en vase clos. Mais comment se fait-il qu'il n'y ait rien de nouveau en ce qui vous concerne ?

— Nancy n'a d'yeux que pour Paul. Quoiqu'il en soit, votre retour risque de précipiter les événements… A la vôtre ! ajouta-t-il en levant sa coupe de champagne.

Rose évita les yeux de Jake, couleur d'ébène. Elle s'était toujours méfiée de ses avances, les esquivant grâce à son sens de l'humour. Cet homme était tout à la fois un ennemi et un ami pour elle. Voyait-il en elle une occasion d'irriter Paul ?

— Vous n'avez pas changé ! fit-elle avec un sourire désarmant. Vous vous plaisez toujours autant à faire la cour ! Pourquoi ne pas consacrer toute cette énergie sur nos magnifiques derricks ? Où en sont les recherches ? demanda-t-elle, le visage redevenu grave.

L'air sombre, il haussa les épaules.

— Nos gisements sont infestés d'eau. Mais qui sait ?

Il fit une pause, fixant désagréablement la jeune femme.

— ... si vous avez des difficultés financières, je veux bien vous racheter vos parts.

— Voilà une offre généreuse de la part de quelqu'un qui considère nos gisements comme sans valeur ! Je vais y réfléchir ! Si vous voulez bien m'excuser, à présent...

Elle s'avança gracieusement en direction d'un petit groupe qui s'était formé autour de la maîtresse de maison. Paul, ainsi qu'un de ses collègues, Bill, était là. Bill, véritable géant, blond et jovial, paraissait beaucoup plus à son aise sur les champs pétrolifères que dans un salon mondain ! Il se tourna aussitôt vers la jeune femme.

— Bonsoir Rose ! Comment allez-vous ? Vous savez que Paul n'était plus le même pendant votre absence !

— Est-ce vrai, mon chéri ?

La question lui avait échappé, mais Nancy intervint avant qu'il n'ait pu y répondre. Elle se tourna vers Paul, avec une moue enjoleuse.

— Si nous dansions ? Voulez-vous nous mettre un disque, Paul ?

Rose ne manqua pas de partenaires. Elle aimait particulièrement danser avec Jake : il était un agréable cavalier, étonnamment léger pour son imposante stature. Minnie fit preuve d'une incroyable vitalité : des milliers de kilomètres, un important décalage horaire, ne la troublaient pas plus qu'un petit trajet en taxi ! Paul ne dansa pas une seule fois. Quant à Georges et Betty, ils restèrent assis à bavarder, en retrait du joyeux brouhaha des invités.

— Vous vous amusez bien, madame Standring ?

Elle sursauta. Paul était là, la scrutant du regard. Lorsqu'il vit ses beaux traits se crisper au son de sa voix, sa bouche se serra en un pli amer.

— Je crois que nous nous amusons tous.

— Tu n'es plus fatiguée ?

— Comment pourrais-je oser l'être quand je vois ma mère tournoyer inlassablement devant moi ?

— Tu peux donc m'accorder cette danse...

Prise au dépourvu, elle hésita.

— J'apprécie un peu de repos pour l'instant.

— Veux-tu boire quelque chose ? Du café, du porto ?

— Whisky sans eau, s'il te plaît.

Il la considéra avec stupéfaction.

— Tu plaisantes, j'espère ?

— Mais non, pas du tout !

— Tu veux m'impressionner, fit-il à la fois interloqué et moqueur.

— Mais non !

Il lui apporta le verre, le plaça entre ses mains et attendit. Rose regarda le liquide doré dont la simple odeur lui donnait la nausée !

— Tu ne bois pas ? fit-elle en baissant son verre.

— Non, je conduis.

Il lui fallut avaler une gorgée pour ne pas perdre la face. Pourquoi donc avait-elle demandé cet alcool qu'elle détestait ? Un acte spontané mais naïf pour narguer Paul, songea-t-elle en déglutissant péniblement.

Il l'observait, l'œil narquois.

— Peut-être qu'après cela tu m'accorderas une danse ?

Elle le laissa prendre son verre des mains et le poser sur une table. Puis il la guida à travers le salon où il l'entraîna dans une longue valse.

Comme il l'attirait contre lui, des sentiments contradictoires de colère, de tristesse et de désir affluèrent en elle. Elle ferma les yeux, épuisée par tant d'émotions. Les paroles de Jake raisonnaient à ses tempes : Nancy n'avait d'yeux que pour Paul... Mais ne le savait-elle pas depuis longtemps ?

— Il est temps de rentrer, tu es fatiguée, murmura-t-il.

Ils eurent bientôt regagné la voiture, où Rose, trop lasse pour lutter davantage, s'assoupit contre l'épaule de son mari.

6

Rose sortit brusquement de ses rêves : un rayon de soleil s'était glissé entre les épais rideaux de velours bleu nuit pour venir caresser son visage. Elle contempla un instant les milliers de particules dansant dans le faisceau lumineux qui éclairait la tête du lit. L'oreiller de Paul était impeccable, sans un pli : il avait donc dormi ailleurs... Elle se leva, prit une douche rapide et s'habilla rapidement avant de descendre à la cuisine.

Elle y trouva Sarah qui l'accueillit avec un sourire chaleureux.

— Cette maison n'était plus la même depuis votre départ, soupira-t-elle... Mais vos vacances ne vous ont guère profité : vous avez l'air bien amaigrie !

Avec une moue, elle détailla la toute petite taille de Rose, emprisonnée par une large ceinture de cuir, son pantalon de toile moulant ses hanches fines. La jeune femme sourit et s'assit.

— Paul a emmené Georges et Betty visiter les champs pétrolifères. Avant de partir, ils ont dévoré ! J'espère que vous en ferez autant !

— Un ou deux petits pains avec du miel me suffiront amplement, Sarah.

Elle mangea sans grand appétit, s'efforçant de ne pas décevoir la brave femme qui la surveillait du coin de l'œil en maugréant. Puis elle monta voir si sa mère était réveillée. Elle la trouva endormie, aussi referma-t-elle tout doucement la porte de sa chambre et décida-t-elle d'aller se promener. Comme elle descendait les marches du perron, des pas précipités se firent entendre.

— Rose, attendez un instant ! Où allez-vous ?

C'était Nancy, vêtue d'un pantalon de cuir noir et d'une chemise rose, largement ouverte.

— J'allais me promener.

— Ah bon ! Je croyais que vous étiez à la recherche de Paul. Savez-vous où il est ? Je ne l'ai pas trouvé dans son bureau.

— Non, mentit Rose, espérant que la jeune femme continuerait ses recherches et ne lui imposerait pas sa compagnie.

Mais Nancy, ignorant sa réticence, lui emboîta le pas.

— Il est très rare que Paul ne travaille pas le matin chez lui. A moins que...

Elle fit une pause, puis toisa Rose avec une insolence flagrante.

— A moins qu'il ne se baigne dans ma piscine. Il l'a souvent fait ces derniers temps.

— Vous avez une piscine ?

— Paul ne vous l'a pas écrit ?

— Non, murmura Rose, un peu embarrassée.

— Ah, bien sûr, j'oubliais : tout ne va pas pour le mieux entre vous, n'est-ce pas ? Vous ne croyez tout de même pas que vous allez nous duper avec vos mises en scène de retrouvailles...

— Peu importe ce que vous croyez. Ce qui se passe entre Paul et moi ne concerne que nous, répliqua-t-elle vertement, piquée au vif.

Elles se dirigeaient lentement vers les bois lorsque Nancy reprit la parole.

— J'espère que vous réussirez dans votre métier. Vous aurez besoin d'argent puisque Paul ne veut plus de vous ici...

Malgré la chaleur du soleil, Rose se sentit glacée.

— Qui vous a mise au courant au sujet de mes projets ?

— Les nouvelles vont vite... Vos relations avec Tony Spelling ne nous sont pas inconnues non plus... ajouta-t-elle, suavement.

Interloquée, Rose s'arrêta pour se retourner vers la jeune femme, le visage rouge d'indignation.

— Qui vous a parlé de Tony Spelling ?

— Je vous l'ai déjà dit : les informations circulent vite par ici... Paul n'a-t-il pas lui-même rencontré ce monsieur pour lui emprunter de l'argent ?

— Vous m'avez l'air très informé des affaires de mon mari, sans parler des miennes ! Vous êtes bien dans votre élément à colporter des ragots !

Nancy ne se laissa pas dérouter pour si peu. Elle se mit à rire.

— Paul se confie beaucoup à moi. Nous avons plus d'un point commun, vous savez... Vous êtes revenue trop tard, mon amie !

— Si je choisis de venir rejoindre mon mari, vous n'y pouvez rien. Paul ne fait pas que travailler chez lui, il y dort...

Un rictus de jalousie déforma le visage de Nancy.

— Vous voulez dire que tout à l'heure Paul était encore dans votre chambre lorsque je le cherchais ? Je ne vous crois pas ! Il ne vous pardonnera jamais ce que vous lui avez fait.

— Qu'ai-je fait ? Beaucoup de femmes mènent une carrière indépendamment de leur mari. Vos suppositions ne reposent sur rien. Paul n'irait jamais confier sa vie privée à qui que ce soit.

— Tiens donc !... lança l'autre avec une expression sournoise et cruelle. Paul et moi sommes faits pour nous entendre. Nous aimons la vie dure, l'aventure, prendre des risques. Il n'aurait jamais dû vous épouser et il en est conscient aujourd'hui...

— Vraiment ? Si je ne suis pas son genre, vous ne

l'êtes pas non plus. Il n'a jamais eu d'estime pour celles qui étalaient vulgairement leurs atouts.

Elle avait dû toucher la jeune femme au plus profond d'elle-même car Nancy, blême de rage, leva la main et gifla sèchement sa compagne. Rose resta tout d'abord muette de saisissement. Puis elle releva fièrement la tête et murmura d'une voix rauque :

— Comment osez-vous ?... Vous êtes rongée par la jalousie et vous en perdez la tête !

— Vous et votre grâce de poupée de chiffon ! siffla Nancy, trop contente d'apercevoir les traces de ses doigts sur la joue de Rose. Vous n'avez que faire de la virilité de Paul. Vous feriez mieux de retourner à vos hommes pâlichons des salons londoniens. Nous n'avons pas besoin de petite nature comme vous ici...

Mais Rose avait repris son calme. Elle regarda sa rivale droit dans les yeux.

— Vous manquez d'intelligence, Nancy. Vous êtes votre pire ennemie. Vous vous en rendrez compte lorsqu'il sera trop tard. Les hommes n'aiment pas épouser des mégères.

Sans attendre sa réponse, elle tourna les talons et s'éloigna. La journée avait plutôt mal commencé, songea-t-elle. Des pas résonnèrent alors derrière elle. Sans se retourner, elle se hâta d'avancer, voulant éviter Nancy. Une main se posa sur son épaule.

— Bonjour ! Justement je pensais à vous, fit Jake.

— J'espère que c'était en bien ! plaisanta-t-elle, tout en souhaitant le savoir à mille lieues de là.

— Pour moi, très certainement. Mais je ne sais pas si vous le verriez de cet œil, sourit-il en frottant son menton rasé de près. Je me demandais ce que signifiait exactement votre retour parmi nous ?

— Je ne vous suis pas, s'impatienta Rose, qui en avait assez entendu.

— N'auriez-vous pas rencontré Nancy par hasard ? s'enquit-il en fronçant les sourcils.

— Déjà en route pour lui faire la cour à une heure aussi matinale ? fit-elle pour tenter de détendre l'atmosphère.

— Donc vous l'avez bien rencontrée. Elle est sur le chemin de la guerre ! Elle était la reine des champs pétrolifères jusqu'à votre retour, mais une fois de plus, vous avez brouillé les cartes.

— Si je l'ai fait, c'est tout à fait innocemment. Ne feriez-vous pas mieux de vous rendre à votre travail ?

— Savez-vous que vous avez vraiment l'air d'une princesse ? Vous vous élevez toujours au-dessus des dures réalités de ce monde.

D'un geste théâtral, il se frappa la poitrine avant de lui faire une profonde révérence.

— J'aimerais pouvoir continuer ma promenade, déclara-t-elle avec un air hautain. Inutile de vous prosterner jusqu'au sol, je ne suis guère romantique en ce qui concerne les hommes.

Elle se surprit à rougir en prononçant ces mots. Elle se souvint de l'amour brûlant qu'elle avait partagé avec Paul, des longues nuits qu'ils avaient vécues. Aucun homme ne pourrait plus lui apporter un tel bonheur.

— Mais... ces marques sur votre visage... remarqua-t-il alors. Que s'est-il passé ? demanda brusquement Jake.

— Ce n'est rien, rien du tout ! se hâta-t-elle de dire en portant inconsciemment sa main à sa joue. Au revoir !

Il ne la retint pas. Le cœur serré, elle marcha lentement jusqu'à la maison. En chemin, elle aperçut la petite crique au sable blanc où elle s'était si souvent baignée. Elle se perdit un moment dans la contemplation du scintillement de l'eau turquoise, attentive au doux clapotis des vaguelettes. Il lui apparut tout à coup que son espoir de reprendre sa vie avec Paul était illusoire. Trop de paroles dures, de mouvements de colère les avaient séparés. Elle devait admettre leur rupture, une rupture irrémédiable qu'elle avait provoquée et contre laquelle aujourd'hui, elle ne pouvait plus rien. L'espoir de la réconciliation l'avait ramenée chez eux où elle se trouvait maintenant face à une réalité insupportable. Il lui faudrait trouver une solution pour écourter son séjour...

Paul l'attendait sur la véranda. Le col de sa chemise grand ouvert, ses cheveux noirs et souples dansant sous la brise, il exprimait une inépuisable vitalité. Elle dut baisser les yeux pour ne pas se laisser envahir par le souvenir des nombreuses fois où il l'avait ainsi attendue. L'espace d'un instant, elle se demanda s'il ressentait la même chose qu'elle. Mais elle revint durement sur terre : il la contemplait froidement.

L'émotion qu'elle lui causait jadis semblait avoir déserté son cœur.

— Tu me cherchais ? demanda-t-il, l'air courroucé.

— Non, mais quelqu'un d'autre te cherchait : Nancy. Je viens de la rencontrer.

Un sourire détendit les traits de Paul ; il posa ses yeux gris sur Rose, semant le trouble dans son cœur. Mais, brusquement, son expression se figea. Il la regarda plus attentivement et fronça les sourcils.

— Que se passe-t-il ? Tu as l'air troublée...

Incapable de répondre, elle resta là, immobile devant lui comme une petite fille prise en faute. Alors, tout doucement, il l'attira contre lui et la serra d'abord tendrement dans ses bras, et puis plus sensuellement. Rose, déjà victime du désir qui possédait tout son corps, tentait vainement de rester de marbre. Elle ne devait pas succomber à cet homme puisque tout était fini entre eux.

Mais il glissa sa main derrière la nuque de la jeune femme et attira son visage tout près du sien ; lentement, il l'embrassa, étouffant de ses lèvres ses protestations. Au moment où elle allait l'enlacer à son tour et répondre à son baiser, Betty fit irruption sur la véranda. Rose s'écarta immédiatement de son mari mais il la retint par la taille. La jeune fille parut gênée et voulut faire demi-tour, mais son frère intervint.

— Reste, Betty, je t'en prie.

Rose se dégagea de l'étreinte de Paul et en profita pour regagner la maison, furieuse contre elle-même. Elle n'aurait jamais dû revenir ! Son mari se moquait d'elle ! Il avait une liaison avec une autre, il en aimait une autre, mais cela ne l'empêchait pas de désirer sa femme et de le lui faire savoir ! Comme elle était faible et sotte de se laisser prendre à son charme. Elle devait l'oublier, et pour cela, s'éloigner...

Rose partit trouver sa mère qui n'était toujours pas descendue. Minnie était confortablement installée dans son lit, le plateau du petit déjeuner sur les genoux.

— Si je comprends bien je suis la seule à être encore couchée. Vous êtes tous bien matinaux. Dis-moi, ma chérie, crois-tu que Georges veuille épouser Betty ? demanda-t-elle de but en blanc.

— Je n'en sais pas plus que toi.

— J'imagine que les parents de Betty ne verraient pas cette union d'un très bon œil. Georges n'a pas un centime devant lui.

— Beaucoup de couples commencent ainsi.

Agacée, Minnie haussa les épaules.

— Je vais aller discuter avec Georges ! fit-elle en rejetant soudainement ses couvertures.

— Je t'en prie, maman, laisse-les tranquilles. Tu connais Georges : si tu vas à l'encontre de ses projets, il réagira dans le sens opposé !

— Je t'ai laissé faire ce que tu voulais, et regarde ce qui est arrivé… Georges est-il au courant pour Paul et toi ?

— Non. Je ne veux pas que Betty le sache non plus. Cela l'obligerait à mentir à ses parents.

— Pourquoi ? J'avoue ne pas te comprendre.

— Je me tais par égard pour Paul. Il est en droit de vouloir cacher la vérité pour le moment à sa famille. Il n'a peut-être pas envie de leur annoncer un double échec : celui de son mariage et celui de sa société… D'après ce que j'ai compris, les actions ne semblent plus valoir grand-chose.

— Alors, remarqua pensivement Minnie, vous allez jouer la comédie ? Tu vas faire croire à tout le monde que tout va pour le mieux entre vous ?

— Oui, confessa-t-elle, au bord des larmes.

Sitôt le déjeuner terminé, Paul emmena la mère de Rose visiter les laboratoires et les champs d'extraction. Georges et Betty se promenaient, Sarah était partie en ville. Aussi la jeune femme se retrouva-t-elle seule à la maison. Elle écrivit à ses amis ainsi qu'à Sam. Vers quatre heures, Minnie revint, fourbue, couverte de poussière. Indignée, elle monta voir sa fille dans sa chambre.

— Jamais je n'ai vu un endroit aussi impossible ! Je me suis foulé la cheville en glissant dans la boue. Je comprends que tu aies voulu quitter ce pays : c'est une antre de barbares !

Encore tout essoufflée, elle se laissa tomber sur le lit. Rose l'aida à défaire ses chaussures mais ne put s'empêcher d'éclater de rire à la vue des fines sandalettes roses de sa mère.

— Tu n'étais guère équipée pour ce genre de sortie ! Ta cheville est enflée, je vais te chercher une compresse et de l'eau.

— Cet honneur est pour moi ! déclara Paul qui venait d'entrer, un bol d'eau chaude et une serviette à la main. Il s'agenouilla aux pieds de Minnie et lui massa doucement la cheville.

— Vous avez tort de vous montrer aussi gentil, Paul ! le taquina-t-elle. Quand vous êtes entré, je venais de raconter ma visite à Rose et sûrement pas d'une façon qui vous aurait plu ! Qu'est-ce qui vous a donc poussé à vous installer ici ? C'est un enfer de boue. Et songez donc : ce serait pire encore si vous trouviez du pétrole !

Paul rit de bon cœur.

— L'ennui avec vous, ma très chère belle-mère, c'est que vous avez des goûts trop raffinés.

Minnie rit à son tour. Elle ne se laissa pas impressionner par la franchise de son gendre.

— Nous aimons tous les choses raffinées, même lorsque nous ne voulons pas l'avouer...

Elle jeta un air apitoyable sur son pied enflé.

— Ah ! cela va mieux, grâce à vos massages. Merci ! Votre vitalité est telle que je me sens très vieille ! s'écria-t-elle, malicieuse.

— Il ne faut jamais philosopher après vingt ans ! Oubliez votre âge. Nous avons l'âge que nous nous donnons... Si vous me permettez, Minnie, je vous trouve très belle.

— Incorrigible chenapan ! Rose, qu'allons-nous faire de lui ?

— Que dis-tu ?

Bien qu'elle se fût réfugiée dans son courrier, elle n'avait pas perdu un mot de la conversation. Mais elle préféra feindre l'indifférence.

— A qui écris-tu ? demanda sa mère.

— A Sam.

— Embrasse-le de notre part et dis-lui que je l'attends chez nous, fit Paul en se levant.

Puis son ton se fit moqueur.

— Quand tu auras fini cet important courrier, tu nous rejoindras pour le dîner. Nous avons des invités ce soir : Nancy, Jake et Bill. Sarah n'a pas voulu que nous l'aidions à préparer le repas.

Rose s'efforça de sourire. Aussi préféra-t-elle ne faire aucun commentaire.

Sentant son silence désapprobateur, il quitta la pièce sans rien dire.

Minnie soupira.

— Tu es beaucoup trop désinvolte avec ton mari, ma fille. Pourquoi ne te montres-tu pas plus conciliante ? Je suis sûre que si tu faisais le premier pas, Paul ferait tes quatre volontés.

— Il n'aurait jamais une telle attitude : ni envers moi, ni envers personne. Même Nancy devra se montrer docile si elle veut obtenir quelque chose de lui…

Rose hésitait devant sa garde-robe quand on frappa à la porte. Elle allait répondre lorsque Paul entra d'un pas résolu.

— Tu aurais pu attendre que je sois habillée !

— Mais j'ai frappé et tu ne m'as pas répondu ! J'ai besoin de ton aide : je me suis coupé le pouce en me rasant et je ne peux plus nouer ma cravate sans risquer de la tacher. Impossible de mettre la main sur le rouleau de sparadrap.

Il leva son doigt blessé. Sa cravate pendait autour du col de sa chemise de soie.

Il a un charme diabolique, songea rageusement la jeune femme. Elle enfila rapidement une jolie jupe turquoise aux plis gracieux et un bustier noir. Lentement, elle alla vers lui. Elle dut faire un effort pour ne pas se jeter dans ses bras tant cette petite scène lui était familière. Combien de fois s'étaient-ils ainsi aidés à se préparer au début de leur mariage ? Ils s'interrompaient alors pour échanger des baisers et des plaisanteries.

Elle chassa désespérément ces cruels souvenirs, essayant désespérément de ne pas respirer l'odeur de cette eau de toilette qu'elle lui avait si souvent achetée.

Deux petits coups à la porte rompirent le silence qui régnait dans la chambre. La tête rieuse de Betty apparut dans l'encadrement.

— Oh, excusez-moi Rose, je vous croyais seule. Je reviendrai tout à l'heure.

— Rentrez donc, Betty : ne vous laissez pas intimider par la présence de votre frère !

Rose acheva de nouer la cravate de Paul puis elle recula pour mieux inspecter son travail.

— Voilà qui est parfait ! Tu es fin prêt pour séduire l'élue de ton cœur, ironisa-t-elle.

La réponse de Paul ne se fit pas attendre : d'un geste doux mais vif, il lui saisit le menton et pressa un instant ses lèvres sur les siennes. Rose se détourna rapidement pour s'adresser à Betty.

— Vous vouliez me voir ? Vous pouvez parler devant Paul : nous ne nous cachons rien...

Il ne dut pas être indifférent au cynisme de sa femme, mais devant sa sœur, il se garda de tout commentaire.

Betty portait une robe de coton toute blanche, égayée par un pendentif aux incrustations multicolores. Le bijou, finement ciselé, était de sa fabrication. Elle avait ce charme printanier d'une jeune femme encore toute proche de son adolescence. Elle s'avança vers eux en rougissant.

— A vrai dire, Rose, j'étais venue vous demander conseil. Georges m'a demandé de l'épouser mais je crains que votre mère ne soit réticente. Elle adore Georges et...

— Ce serait une mauvaise mère si ce n'était pas le cas ! Mes félicitations, Betty. Je suis si heureuse de cette bonne nouvelle.

— Mes félicitations aussi, petite sœur ! A ce que je vois, tu viens grossir les rangs de la famille Barcklay !

Paul la serra affectueusement dans ses bras. Betty jeta un regard ému en direction de Rose.

— Alors vous pensez que j'ai tort de m'inquiéter ? Votre mère ne s'opposera pas à notre union ? Je sais bien que nous n'avons pas besoin de son consentement mais j'aimerais tellement que tout le monde soit heureux.

— Il n'y a qu'une seule difficulté, Betty : Georges a beaucoup voyagé mais il n'a pas de situation.

— Ce n'est pas un problème ! s'écria la jeune fille. Il pourra travailler à Calgary comme ébéniste. Il a des mains en or !

Tout son être exprimait son rayonnement intérieur. Aveuglée par son bonheur, elle ne pouvait imaginer le mariage que sous d'heureux auspices, songea Rose tristement. Betty leur sourit.

— J'espère que nous serons aussi heureux que vous ! lança-t-elle innocemment.

Il s'ensuivit un bref silence qu'elle dut mettre sur le compte de l'émotion de tous.

— Personne ne peut te souhaiter plus de bonheur que moi, fit doucement Paul. Quant à Georges, j'ai beaucoup d'estime pour lui. Nous avons d'ailleurs plus d'un point commun. Je...

Rose vit son visage se crisper légèrement.

— D'un autre côté, poursuivit-il, il s'agit de rester réaliste. Les problèmes matériels peuvent peser lourdement. La vie à deux n'est pas toujours facile, tu sais...

— Je suis sûre que tu l'attristes avec tes discours ! intervint Rose. Ils sont assez grands pour savoir ce qu'ils ont à faire.

Minnie, qui n'aimait pas s'encombrer de contrariétés, accueillit la nouvelle avec une placidité qui surprit sa fille. Grâce à son habituel savoir-faire, Paul maintint pendant le dîner une ambiance chaleureuse. De nombreux toasts furent portés aux jeunes fiancés.

Nancy se montra discrète. Vêtue d'une robe longue, noire, elle était moins maquillée, moins provocante que de coutume. Ses cheveux retombaient comme des flammes sur ses épaules drapées dans un magnifique châle de soie.

Rose joua son rôle de maîtresse de maison, s'adressant même à Paul avec une certaine tendresse. Chaque fois, elle rencontrait son œil narquois mais s'efforçait de l'ignorer.

Le repas terminé, Paul offrit des cigarettes et des cigares. Quand vint le tour de Nancy, elle le couva littéralement du regard. Lorsqu'il lui offrit du feu, leurs yeux se rencontrèrent et restèrent rivés l'un à l'autre un instant. Rose serra ses mains tremblantes entre ses genoux.

Paul eut alors un geste inhabituel. Il prit une cigarette, l'alluma, puis vint la placer entre les lèvres de sa femme.

Elle faillit la lâcher d'étonnement.

— Tu es trop nerveuse, lui chuchota-t-il à l'oreille.

Nancy avait aperçu la scène. Elle tourna aussitôt les yeux vers le couple de jeunes amoureux que formaient Goerges et Betty.

— Vous étiez décidés à vous fiancer depuis longtemps, n'est-ce pas ? leur demanda-t-elle d'une voix mielleuse.

— Détrompez-vous, répondit Georges. L'amour est la chose la plus imprévisible qui soit.

Insolente, Nancy souffla bruyamment sa fumée vers le plafond.

— L'amour est peut-être imprévisible en ce qui concerne les hommes mais, pour les femmes, il en est tout autrement. Tenez, prenez Betty par exemple : elle est venue ici dans l'intention de vous épouser.

Betty rougit violemment.

— Je n'en crois pas un mot ! intervint Rose, peinée pour la jeune fille. Vos propres difficultés à sortir du célibat ne doivent pas vous rendre agressive, Nancy, jeta-t-elle, désireuse d'empêcher cette femme de s'en prendre aux jeunes gens.

— Ne l'écoutez donc pas, fit Paul, amusé. Ce sera peut-être vous la prochaine à être demandée en mariage...

Le regard de la jeune femme se voila et alla de Paul à Rose : une ombre mauvaise l'assombrissait.

— A quoi bon se marier ? Il suffit de vous voir, vous deux... Vous avez bien fini par vous séparer !

Rose étouffa un cri d'indignation. Le venin de Nancy l'avait atteinte au fond du cœur. A la vue de son visage décomposé, celle-ci s'enhardit de plus belle. Un sourire qui tenait plutôt d'un rictus découvrit une rangée de petites dents blanches.

— Ne prenez pas cet air offensé, Rose. Vous n'avez trompé personne ici...

— Vous prenez vos désirs pour des réalités ! rétorqua la jeune femme, outrée.

Elles rivalisèrent du regard en silence. Bouleversée, Rose lâcha sa cigarette. Elle eut vaguement conscience que Paul la ramassait et l'écrasait dans un cendrier : « Mais parle, dis quelque chose ! » Mais il ne dit rien.

— Il me semble Nancy, que c'est à votre tour de prendre des vacances, articula-t-elle d'une voix blanche. Vous avez besoin de repos pour voir clair en vous-même. J'attends vos excuses.

Une vive tension régnait dans la pièce. Paul prit enfin la parole.

— Rose a raison, Nancy, vous nous devez des excuses.

Elle le foudroya du regard.

— Je n'ai fait que dire tout haut ce que chacun pense ici tout bas.

Mais à la vue de l'expression glaciale de Paul, elle comprit qu'elle avait été trop loin.

— Je présente mes excuses au cas où je me serais trompée.

— Vous oubliez, ma chère, que non seulement vous nous avez blessés, ma femme et moi, mais que vous avez gâché la soirée de fiançailles de Georges et de Betty.

Ce fut Minnie qui détendit l'atmosphère.

— Pour l'amour du ciel, remettez-vous, Nancy ! Il nous est arrivé à tous de dire des choses que nous ne pensions pas ou de nous tromper.

Il sembla tout d'abord que Nancy allait continuer de s'enfermer dans son hostilité. Mais elle s'inclina enfin, présenta ses excuses aux jeunes gens et quitta la table. Quelques minutes plus tard, on entendit crisser les pneus de sa voiture sur le gravier.

La soirée continua gaiement, sauf pour Rose qui ne supportait plus l'hypocrisie de ses rapports avec Paul. Elle écouta d'une oreille distraite les conversations de chacun, revivant sans cesse l'incident qui venait d'avoir lieu. Indubitablement, Paul avait eu des réticences à contredire Nancy...

Jake partit le premier, accompagné de Bill. Georges et Betty s'éclipsèrent dans le jardin pendant que Rose aidait Sarah à la cuisine.

Quand elle revint au salon, il était désert. Elle se dirigea vers la véranda pour respirer la fraîcheur de la nuit et tenter de se détendre avant de dormir.

Elle s'appuya sur la balustrade, savourant ces quelques instants de solitude.

La première fois où elle avait vu cette maison, une vive émotion s'était emparée d'elle : c'était là qu'elle verrait grandir leur premier enfant... A la demeure de leur idylle se substituait aujourd'hui le décor d'un cauchemar. Elle y était devenue une intruse...

Elle observa un moment un petit nuage qui passait

devant le disque argenté de la lune... Brusquement, une odeur de cigare fit frémir ses narines. Elle se pencha en avant pour scruter la pénombre des yeux et aperçut Paul, de dos, les mains dans les poches. Quelles pouvaient être ses pensées ? se demanda Rose, l'amertume dans le cœur. Songeait-il à Nancy ?

Comme pour répondre à sa question, l'ombre de Nancy se profila derrière les arbres puis se dirigea vers Paul. Le vent lui apportait le son confus de leurs chuchotements. Puis l'ombre les engloutit.

Rose serra le métal froid de la balustrade entre ses doigts. Nancy était donc revenue... Ils s'étaient donné rendez-vous. Elle ferma les yeux comme pour nier la réalité.

Elle gravit lentement l'escalier qui menait à sa chambre où, avec des gestes mécaniques, elle se déshabilla et se coucha.

Dans son demi-sommeil, toutes sortes de visions la hantèrent. Le passé semblait projeter ses ombres dans la pièce où elle croyait voir Paul, assis au bureau, le visage anxieusement penché sur ses plans de forage. Puis il se tournait vers elle, lui tendait les bras pour qu'elle vienne s'y blottir. Mais brusquement, Nancy marchait vers le lit, appelant Paul de sa voix suave et traînante.

Des bruits de pas résonnèrent sur le parquet. Son mari, vêtu de sa robe de chambre, allait et venait dans l'obscurité. Il alluma soudain la lampe de chevet et s'approcha de Rose, comme autrefois... Mais son expression rieuse, si familière à la jeune femme, l'avait quitté. Son visage sévère l'examinait cruellement. Il s'assit au pied du lit.

— Je pensais que tu viendrais me dire bonsoir avant de te coucher. Je regrette ce qui s'est passé ce soir ; la soirée a été gâchée.

— Je ne suis pas si naïve. Tu voulais que j'attende

que ton rendez-vous prenne fin pour venir te souhaiter une bonne nuit !

— Quel rendez-vous ?

— Je vous ai vus... Nancy et toi, dans le jardin. Elle repoussa vivement une mèche de son front brûlant.

Paul demeura impassible.

— Tu as vu Nancy arriver ?

— Je suppose que sa venue t'a laissé muet d'étonnement ? railla-t-elle.

— Je ne savais pas qu'elle viendrait.

— Quel remarquable hasard que tu te sois trouvé justement dans le jardin à ce moment-là !

— Je comprends... cela t'arrangerait que j'aie une liaison avec Nancy : tu pourrais alors divorcer en rejetant la faute sur moi ! Ce serait si facile...

— Facile ? Sans aucun doute... Pourquoi es-tu malhonnête envers moi ? Seule ta fierté t'a poussé à chercher à me retenir auprès de toi. Mais c'est avec elle que tu voudrais vivre !

Ils s'affrontèrent du regard, un mélange d'agressivité et de souffrance crispant leurs traits. Rose frémit à la vue de l'expression de Paul : jamais il n'avait eu l'air aussi dur. Brusquement, il leva son bras ; elle crut qu'il allait la gifler. Mais déjà sa main avait glissé le long de son cou, la renversant sur le lit.

Quand il l'embrassa, il la sentit trembler sous ses lèvres. Lasse de lutter, Rose se laissa emprisonner par le souvenir de leurs étreintes d'antan. Il lui sembla sombrer dans un univers brûlant de douleur et de joie.

7

Rose se réveilla en sursaut : on frappait à sa porte. Elle s'étira paresseusement, puis promena son regard autour d'elle comme pour s'assurer que la pièce n'était pas le fruit de ses rêves. Minnie entra. Sa démarche légère, soulignée par une jupe ample aux tons pastels, son bonjour chaleureux, tranchèrent curieusement avec l'anxiété qui transparaissait sous son visage maquillé.

— Il faut que je te parle, Rose. Je suis inquiète…

Venant de remarquer l'oreiller froissé aux cotés de sa fille, elle s'interrompit soudain. Rose rougit comme une adolescente.

— Est-ce que cela veut dire… commença Minnie.

— Ne te hâte pas de conclure, maman. Je…

— Laisse-moi deviner. Paul a enfin décidé de réagir… Il a bien raison !

Rose esquiva les yeux pétillants d'espoir de sa mère.

— Nous… nous sommes disputés ; mais je ne veux pas en parler.

Les prunelles de Minnie s'assombrirent aussitôt.

— Vous ne vous êtes pas réconciliés ?

— Je… Je ne sais plus très bien où nous en sommes. Mais tu étais venue pour me parler de tes inquiétudes. C'est au sujet de Georges et Betty ?

— Ne détourne pas la conversation. J'ai besoin de

savoir ce que Paul et toi avez décidé. Je serais tellement plus tranquille si tout cela s'arrangeait.

Minnie regarda sa fille enrouler nerveusement autour de son doigt une touffe de laine de sa couverture en mohair.

— Paul a rencontré Nancy hier soir. Je les ai vus. J'étais sur la véranda lorsque j'ai aperçu Paul ; quelques minutes plus tard, Nancy le rejoignait. Il devait être minuit passé.

Minnie demeura un instant bouche bée.

— Que s'est-il passé ensuite ? murmura-t-elle enfin.

— Je ne sais pas. Je suis montée dans ma chambre... Paul a nié qu'il s'agissait d'un rendez-vous : Nancy serait venue sans le prévenir.

Rose soupira, déchirée par un terrible conflit intérieur. C'était elle qui avait rompu avec Paul. N'était-elle pas en partie responsable s'il avait une liaison avec Nancy ? Pourtant, elle tenait plus que jamais à lui...

— J'ignore si c'était un hasard ou non. Je sais seulement qu'il serait encore là, à mes côtés, s'il avait souhaité notre réconciliation, fit-elle en posant tristement la main sur leur lit.

— Peut-être lui a-t-il simplement demandé de ne plus se dresser entre vous deux ? suggéra sa mère.

— Paul est un homme trop fier pour s'abaisser ainsi !

— Alors vous en êtes toujours au même point ?

— Je ne sais pas...

— Ecoute, il est inutile de se torturer. Je suis persuadée que tout s'arrangera, déclara sa mère qui n'aimait guère s'attarder sur les problèmes des autres.

Rose songea avec amertume à la nuit qu'elle venait de passer dans les bras de Paul. Seul le désir les avait réunis, pas l'amour... Un frisson la parcourut au souvenir de leurs étreintes.

— ... si cette vie lui conviendra, continuait imperturbablement Minnie.

Sa fille ne l'avait pas écoutée, mais elle n'eut pas de mal à deviner ce qui avait précédé, et de quoi l'entretenait sa mère. Elle s'appliqua à lui expliquer patiemment que seul le mariage stabiliserait un peu Georges, que Betty était une fille charmante... Minnie finit par s'en aller, apparemment ragaillardie.

Rose décida ensuite de ne pas descendre déjeuner mais d'aller se baigner pour tenter de se détendre et remettre un peu d'ordre dans ses idées. Elle enfila son maillot de bain sous sa jupe. Elle cherchait sa serviette de plage lorsque Sarah entra, une tasse à la main.

— Vous sortez ? J'ai pensé qu'une bonne tasse de thé vous réveillerait. Paul est parti de très bonne heure ce matin... Vous allez nager dans la crique ? Vous avez raison, cela ouvre l'appétit !

Sarah était d'humeur à bavarder, mais Rose avala rapidement son thé et sortit.

Peu après, elle plongeait dans l'eau transparente, puis se mit à nager, lentement, longuement. L'immensité du lac la rassurait comme si elle ouvrait sa vie sur des perspectives infinies. Au bout d'un long moment, elle se détendit et regagna le rivage.

Debout sur le sable encore frais à cette heure matinale, elle se frotta énergiquement avec sa serviette. Puis elle s'installa sur un rocher que caressaient les premiers rayons du soleil. A peine se fut-elle assise qu'un bruit étouffé de pas sur le sable se fit entendre.

C'était Nancy.

Rose secoua ses cheveux encore mouillés, furieuse de ne pouvoir s'isoler.

— Bonjour, fit-elle d'une voix courroucée. Vous êtes encore à la recherche de mon mari, je suppose ?

— Non. C'est vous que je cherchais.

— Vous m'étonnez ! Je croyais que ma présence vous importunait ?

— C'est exact. Nous désirions votre retour autant que l'agriculteur la sécheresse ! Quand repartez-vous ?

— Votre question est pertinente : il faudra que j'y réfléchisse ! se moqua Rose.

— Je crois que, pour notre bénéfice à toutes les deux, nous devrions discuter un peu, proposa Nancy, avec une étonnante amabilité.

— Vraiment ?

— Je reconnais que j'ai manqué de tact hier soir, mais je me suis excusée, n'est-ce pas ?

Rose répondit par un silence méprisant.

— Je voudrais savoir quels sont vos projets, déclara l'autre de but en blanc.

— A quel sujet ?

— Au sujet de Paul, bien entendu !

Rose acheva de démêler ses boucles. Elle replaça soigneusement son peigne et sa brosse dans son sac de plage.

— Je ne me sens pas d'humeur à discuter, ce matin. Je n'ai pas encore pris mon petit déjeuner ; je suis un peu fatiguée. Paul et moi nous sommes couchés très tard hier soir...

Elle eut la satisfaction de voir l'expression vaniteuse de Nancy se figer en un rictus de haine. De ses mains tremblantes, elle extirpa de la poche de son jean une cigarette. Elle tourna le dos un instant à la jeune femme pour l'allumer à l'abri du vent — ou pour reprendre contenance... Puis elle s'assit et se mit à fumer.

— Je crois que je dois vous mettre au courant, dit-elle enfin. J'ai vu Paul cette nuit.

Bien qu'elle ne fût pas prise par surprise, Rose ignorait tout de la raison de leur rencontre. Aussi les mots cruels de Nancy ébranlèrent-ils malgré tout la confiance qu'elle avait en son mari.

— Je sais, dit-elle. J'étais sur la véranda.

Nancy lui lança un regard incrédule. Elle rejeta en arrière sa crinière de cheveux fauves avant de tirer une longue bouffée de sa cigarette.

— C'est parfait ! décréta-t-elle tout à coup. Vous pouvez donc vérifier que je n'ai pas l'habitude de vous mentir.

Rose se mordit les lèvres ; elle n'avait pas attendu de le lui entendre dire pour tirer cette douloureuse conclusion.

— Vous avez dû comme moi vous rendre compte que Paul est un être passionné, très exigeant en amour...

Nancy se tut, savourant l'expression atterrée de son interlocutrice. Rose frémit devant tant de vulgarité. Son ravissant visage n'exprimait plus que le dégoût.

— Ne faites pas cette tête de petite fille modèle ! Si vous pensez que le simple fait de parader devant Paul avec votre joli minois suffit pour le reconquérir, vous vous trompez lourdement. Je vous le répète : c'est avec moi qu'il veut vivre. Tout le monde le sait ici, même Sarah. Alors pourquoi continuez-vous à vous rendre ridicule ? Vous nous mettez dans une position embarrassante ! C'est seulement par respect pour votre mère et Betty que Paul ne vous a pas déjà renvoyée. Partez pour le bien de tous...

Claire et ferme, la voix de Rose résonna dans la crique comme du cristal.

— Vous êtes une créature odieuse ! Comment osez-vous discuter d'une chose aussi intime que ma vie avec Paul ? Vous vous immiscez honteusement dans notre couple, sans la moindre fierté ! Allez-vous-en ! Laissez-moi seule.

L'autre s'en alla, apparemment satisfaite...

Rose resta un long moment sur le sable, les genoux repliés sous son menton. Plus rien ne la retenait au Canada. Georges et Betty partiraient bientôt s'installer dans le ranch des parents de Paul. Minnie rejoindrait rapidement l'Angleterre, ou peut-être accompagnerait-elle son fils à Calgary. Rose resterait seule avec Paul. Elle savait que la situation de la société était critique, mais il ne baisserait pas les bras. S'il cessait d'investir, Nancy deviendrait principale actionnaire du groupe. S'ils réussissaient à extraire du pétrole, ils seraient immensément riches...

Le sort s'était retourné contre elle. Mieux valait à présent changer de cap et poursuivre la route qu'elle s'était tracée quelques mois auparavant. Elle repoussa sur son front des mèches de cheveux sans cesse agitées par la brise, songeant à la vie qui l'attendait en Angleterre, aux grandes avenues londoniennes, à l'effervescence qui régnait dans ses quartiers préférés.

Elle n'aurait pu dire combien de temps elle resta ainsi, recroquevillée sur elle-même. Une voix soudain toute proche la fit soudain émerger de l'univers urbain où elle s'était laissée entraîner.

— Notre reine est bien songeuse ! lui dit Jake.

— Décidément cette crique est très recherchée ! ironisa-t-elle, agacée de le voir.

— Quel accueil ! Vous...

— J'allais justement me lever pour partir : je voudrais prendre mon petit déjeuner avant midi !

— J'étais seulement venu pour...

— Pour voir Rose, intervint une autre voix, grave et un peu rauque. Un nouveau rendez-vous ?

Paul, les mains enfouies dans ses poches, les dominait de sa haute taille. Malgré son teint hâlé, son visage avait une pâleur inhabituelle. Toute sa physionomie exprimait un mélange d'amertume et de satisfaction.

— Désolé, Paul. J'étais en chemin quand j'ai aperçu Rose. Je...

— Laissez-nous, Jake.

La jeune femme regarda son mari avec tristesse. Il lui parut aussi lointain que ces beaux personnages des portraits de peintres italiens. Ses beaux cheveux noirs brillaient dans le contre-jour. Ses yeux avaient les mêmes reflets argentés que la surface de l'eau.

Elle voulut se lever, mais une main brune se posa sur son épaule, l'obligeant à se rasseoir.

— Pas si vite, veux-tu ?

— Je n'ai jamais convenu de ce rendez-vous avec Jake.

Comme il se taisait, elle leva la tête vers lui pour essayer de deviner ses pensées. Mais elle ne vit que son profil sévère qu'elle aurait pu dessiner de mémoire, mille fois dans le sable.

— Je n'aime pas la façon dont Jake tourne autour de toi. Il est venu ce matin, me croyant absorbé par mon travail. Je ne veux pas que tu lui parles comme à un ami.

— Pourquoi donc ? Avec Nancy qui me rappelle sans cesse que je ne suis qu'une intruse ici, il peut-être agréable pour moi de parler à quelqu'un.

— Je sais seulement qu'il a un faible pour toi. Nancy m'avait prévenu d'ailleurs.

— Cette chère Nancy ! Elle s'inquiète donc à notre sujet. Si elle essaie de te suggérer qu'il y a une liaison entre Jake et moi, ton simple bon sens devrait te mettre sur tes gardes ; chacune de ses paroles est dictée par la jalousie. D'ailleurs, fuirais-je un prospecteur pour tomber dans les bras d'un autre ?

— C'est assez convaincant, sourit-il, ironique.

Rose frissonna : était-ce bien le même homme qui l'avait prise aussi passionnément dans ses bras, la veille au soir ?

— Nous devons mettre les choses au clair entre nous, poursuivit-il. J'ai maintenu le voile sur notre rupture et je le maintiendrai jusqu'au départ de Betty. Je ne veux pas que mes parents soient mis au courant pour l'instant... Ma mère a le cœur fragile, et il faut lui éviter les soucis.

— Ne t'inquiète pas, fit-elle d'une voix un peu rauque. Je pensais que si maman décide d'accompagner Georges et Betty à Calgary, elle pourrait leur expliquer que notre travail respectif nous sépare temporairement.

— Quelles sont donc tes intentions ?

— Rentrer chez moi, en Angleterre.

— En es-tu vraiment sûre ? Tu es lâche, Rose : tu dis une chose et tu en penses une autre. Tu es trop indécise.

— Si tu fais allusion à hier soir, quelle chance avais-je contre toi ? s'écria-t-elle, le visage cramoisi.

— Aucune... Mais cela ne se reproduira plus. Je te demande simplement de bien te comporter pendant quelques jours encore.

Elle se tut. Elle se souvint de leur nuit tout aussi magique que démoniaque. Mais, ce matin, il n'en restait aucune trace sur le visage impassible de Paul. Comme elle aurait voulu percer sa carapace ! Il était solide comme un rocher, mesurait chacun de ses gestes. Jamais elle ne s'était sentie aussi différente de lui.

— C'est d'accord, concéda-t-elle enfin.

Il resta un moment à observer le mouvement incessant de l'eau.

— Ce pays est merveilleux ; quel endroit rêvé pour méditer... Et tu l'aimes toi aussi, au fond de toi, Rose... C'est étonnant comme tout le monde t'a bien accueillie, c'est comme si tu n'étais jamais partie ! ajouta-t-il en jetant soudain une poignée de sable dans l'eau.

— Je ne suis pourtant pas tout à fait la même depuis mon retour...

— En effet, j'ai remarqué que ces jours-ci ton sens de l'humour était rarement au rendez-vous.

Peut-être l'ai-je moi-même perdu... Mais la perspective de ton nouveau travail devrait suffire à te rendre heureuse ?

— Je fais en sorte de ne pas y placer tous mes espoirs. Le travail ne sera jamais ma vie, il n'en n'est qu'un des versants. C'est pourquoi à Londres, je passais beaucoup de temps à visiter la capitale avec Sam : cela m'évitait de penser à autre chose.

— A ton mari, par exemple ?

— A toutes sortes de choses...

— Merci de m'inclure dans le tout ! fit sèchement Paul.

— Je regrette... Je sais à quel point tu es déçu par notre échec.

Il posa fermement sa main sur la sienne.

— Nos tempéraments sont trop différents, fit-il avec un pâle sourire qui fit chavirer le cœur de Rose... Mais laissons là nos sombres pensées... J'étais venu pour te parler d'autre chose.

— Quoi donc ? s'étonna-t-elle, luttant désespérément contre la chaleur que lui communiquait sa main.

— Ton grand-père : j'ai l'étrange conviction que quelque chose va se passer.

— Tu veux dire que sa vie est en danger ? s'écriat-elle avec effroi.

— Que tu es pessimiste ! Non, bien au contraire. Aux dernières nouvelles, j'ai cru comprendre qu'il se plaisait particulièrement en compagnie de Mme Barnes.

— Ce serait merveilleux ! Grand-père mérite tant une vieillesse heureuse.

Rose se leva. Paul serra sa main dans la sienne. Il ne put s'empêcher d'admirer la finesse de son visage. La pureté de l'éclat de ses yeux bleus, son teint d'adolescente, ses boucles dansant au vent lui donnaient une allure féerique.

— Sarah t'attend avec ton petit déjeuner.

D'un geste pensif, il passa ses doigts à travers les boucles de Rose.

— Il y a de la poussière d'or dans tes cheveux, murmura-t-il.

Ils restèrent un moment à se regarder, étonnés de se voir ainsi détendus après des semaines d'épreuves.

Minnie les attendait sur la véranda.

— Que s'est-il passé ? s'impatienta-t-elle. Ce n'est pas une heure pour venir déjeuner ! Je t'attends depuis une éternité.

Elle suivit sa fille à la cuisine.

— Sarah est partie faire des courses. Je vais m'occuper de ton café...

— Que dirais-tu, maman, si grand-père se remariait ? demanda Rose, sans plus d'introductions.

— Marié ? Sam ? A qui ?

— Mme Barnes, fit posément la jeune femme. Ils jouent aux échecs ensemble et ils ont l'air de s'entendre comme de vieux amis. Rien n'est encore officiel : c'est simplement une impression de Paul.

— Ce n'est pas insensé. Ton mari n'est pas seulement bel homme, il a beaucoup d'autres ressources. Je parierais qu'il avait tout prévu : l'appartement, Mme Barnes...

— Eh bien, qu'en penserais-tu ? insista Rose.

— Si Paul était aussi perspicace en ce qui concerne son propre mariage...

Rose beurra tranquillement sa tartine, puis se servit du café.

— Je suis libre. Paul n'a pas à me dicter la marche à suivre... Où sont Betty et Georges ?

— Je ne sais pas. Eux aussi ont disparu sans prévenir ! Au moins ont-ils une raison, « eux » : ils s'aiment, fit Minnie, agressive.

Rose mordit vivement dans sa tartine. Elle aurait voulu crier : « moi aussi, j'aime Paul »

— Ont-ils décidé de ce qu'ils feraient ? se contenta-t-elle de demander.

— Betty veut se marier le plus rapidement possible. Georges n'est pas si pressé… Je suis de son avis.

— Tu ne m'étonnes pas ! Mais ne comprends-tu donc pas que c'est l'occasion pour lui de se stabiliser ? D'ailleurs, si Sam se marie, tu pourras vendre la maison. Tu pourras voyager, aller voir ton fils à Calgary. Tu…

— Georges n'est pas encore marié, coupa-t-elle sèchement, et Sam encore moins ! Les décisions trop rapides sont à éviter. Aussi étrange que cela puisse te paraître, je suis davantage préoccupée par ta vie que par la leur. Si tu te réconciliais avec Paul, je serai moins inquiète.

Tu es insensée, Rose : tu laisses partir un homme remarquable.

— Il est déjà parti, maman. C'est lui qui ne veut plus de moi ! Il m'a seulement demandé de me conduire en épouse attentionnée jusqu'au départ de sa sœur.

Minnie finit sa tasse de café.

— C'est bien. Si je ne peux rien faire pour toi, j'accompagnerai ton frère et Betty à Calgary. Je veux assister à leur mariage. A tout à l'heure, ajouta-t-elle.

Rose s'appuya sur le dossier de sa chaise et ferma les yeux. Un étrange sourire flottait sur ses lèvres. Il ne lui restait plus que quelques jours à passer avec Paul avant qu'il ne disparaisse à tout jamais de son existence. Elle se sentait terriblement faible. Sous ses paupières closes défilaient les images de sa vie avec lui.

— Salut !

Georges pénétra brusquement dans l'univers gris de ses pensées. Il rayonnait de joie.

— Y a-t-il encore du café ?

— Bien sûr, il est même encore chaud. Où est Betty ?

— Elle est partie préparer ses bagages. Nous avons longuement discuté ce matin. Nous ne sommes pas obligés de nous marier immédiatement mais elle a peur que je change d'avis !

— Elle doute de ton amour ?

— Non, mais nous avons beaucoup d'obstacles devant nous.

— Quels obstacles ? s'inquiéta Rose.

— Je n'ai pas d'argent et je n'accepterai aucune aide financière de la part de ses parents. C'est pourquoi je souhaiterais ne pas précipiter notre mariage.

— Betty attendra volontiers quelque temps si tu es auprès d'elle au ranch, fit-elle avec un sourire encourageant.

Mais Georges ne parut pas rassuré pour autant

— Il y a d'autres problèmes aussi...

— Tu aimerais vivre là-bas ?

— Oui. Mais parfois je me demande si je saurai m'adapter à une vie aussi sédentaire. Calgary n'est qu'une toute petite ville et j'aime rencontrer beaucoup de gens. Pourtant, les villes ne m'attirent pas : elles engendrent toutes sortes de besoins inutiles. Dis-moi, Rose, je suis sûre que le confort de la vie londonienne te manque ici, sans parler des cinémas, des théâtres et de tes amis...

Rose avala péniblement sa salive. Quelle ironie du sort, songea-t-elle : pour une fois qu'elle avait la possibilité de discuter de choses importantes avec son frère, il lui fallait mentir.

— Pour moi, c'est un peu différent. Nous... Je retourne souvent à Londres, balbutia-t-elle.

— Pourtant, tu n'as pas vraiment l'air heureuse ici. Betty est d'accord avec moi sur ce point. Elle a même dit à Paul qu'il n'avait pas le droit de te garder ici.

Il fit une pause, contemplant ses mains d'un air embarrassé.

— Nous avons entendu des rumeurs... les choses n'iraient pas très bien entre Paul et toi?... Nancy nous avait d'ailleurs mis sur la voie avec sa réflexion l'autre soir...

Bien que Rose se fût préparée à cette question, jamais sa sincérité n'avait été mise à aussi rude épreuve.

— Nancy n'a d'yeux que pour Paul. C'est pourquoi elle saisit la moindre occasion pour semer le trouble entre nous. D'autre part, le cercle de personnes vivant ici est trop restreint. Tôt ou tard des intrigues se forment. N'est-ce pas suffisant pour vous de nous voir réunis?

Mais elle ne lui laissa pas le temps de répondre. Elle savait qu'elle ne pourrait guère aller plus loin dans le mensonge. Elle décida de changer le sujet de conversation.

— Aimerais-tu que maman vous accompagne au ranch?

— Maman? Je croyais qu'elle ne voyait pas notre mariage d'un très bon œil?

— Pourtant, elle s'est laissée gagner par le charme de Betty. Peu à peu, elle s'est faite à l'idée de votre union... Mais je vois que ton visage est toujours aussi sombre : qu'y a-t-il?

— Je crains les réactions du père de Betty. Il serait ravi de nous voir nous marier, mais, tout comme pour Paul, il voudra que je travaille avec lui. Je n'ai pas peur du travail, bien au contraire. En revanche, je voudrais que nous commencions seuls, avec une maison à nous.

— Ne te fais pas trop de soucis à l'avance. Ton attitude est un bon point pour toi : au moins Betty aura la certitude que tu ne l'épouses pas pour sa fortune!

Georges se dérida enfin ; il reprit son expression joviale habituelle.

— Je n'avais pas pensé à cela ! Je serais content que maman nous accompagne, mais j'aurais tant souhaité que Paul et toi veniez aussi. Sais-tu qu'il manque terriblement à ses parents ?

— Paul est très fier, fit gravement Rose. Tant qu'il essuiera des échecs, il ne retournera pas là-bas.

— J'ai bien peur qu'alors vous ne veniez jamais. J'ai entendu dire que les nappes de pétrole étaient inexploitables...

— Je ne suis pas d'accord ! se récria Rose. Paul n'est pas un imbécile. C'est l'homme le plus lucide que je connaisse... Il ne se serait pas lancé dans cette entreprise si les chances de réussite étaient aussi faibles. Il nous faut encore essayer...

— Que suis-je en train de dire ? se demanda tout à coup la jeune femme, je dis « nous » alors que je ne serai pas là pour soutenir Paul dans ses efforts. Je l'ai même abandonné au moment critique où la société connaît des difficultés...

Georges eut un rire enfantin.

— Je suis si content de t'entendre parler ainsi. J'espère que Betty saura se montrer aussi courageuse que toi. Nous aurons aussi des moments difficiles, mais nous les surmonterons. Betty est la femme qu'il me faut.

— J'en suis sûre, murmura Rose, bouleversée.

Rose se leva et lava la vaisselle du petit déjeuner. Chacun de ses gestes avait la précision d'une automate tant ses pensées l'accaparaient. Elle resta un moment debout, au centre de la cuisine. Déjà une terrible sensation d'isolement l'oppressait.

Soudain, elle aperçut le petit panda en peluche que Paul lui avait rapporté de l'un de ses voyages. Il était resté à sa place, sur le haut de l'armoire. Elle l'avait laissé là pour n'emporter avec elle aucun souvenir de Paul... Elle saisit une chaise, grimpa dessus et s'empara du petit animal. L'instant d'après, elle le tenait serré contre elle, son petit nez de plastique froid contre sa joue brûlante.

— Quel couple charmant ! fit la voix railleuse de Paul.

Rose sursauta violemment et faillit tomber de la chaise. Il lui attrapa le bras pour l'empêcher de perdre son équilibre.

— Tu ne devrais pas m'épier ainsi...

— Je ne t'épiais pas, répliqua-t-il. Tu étais si préoccupée par ton panda que tu ne m'entendais pas.

Les mains de Paul emprisonnèrent sa toute petite taille pour la déposer sur le sol. Il ne la relâcha pas immédiatement. Sa physionomie exprimait un profond mécontentement.

— Tu es maigre ! Beaucoup trop maigre !

Il recula un peu pour mieux l'examiner. Rose tenait toujours son panda dans les bras.

— Si tu ne manges pas davantage, je vais devoir te nourrir à la petite cuiller !

— Tu as perdu l'habitude des femmes minces, accusa-t-elle, blessée par sa remarque.

— C'est un fait ! fit-il, glacial.

Sa réponse lui fit l'effet d'une gifle, mais elle l'avait cherché.

— Je suis désolée, murmura-t-elle. Je n'aurais pas dû dire cela.

— Oublions ce que j'ai dit aussi...

Paul alla au réfrigérateur et commença à sortir différents légumes et plats de viande.

— Sarah est absente ce matin. Je prépare le déjeuner.

— Je vais t'aider. Je...

— C'est inutile. Nous avons pris l'habitude de nous débrouiller seuls depuis ton départ.

— Je croyais que je devais me conduire en parfaite maîtresse de maison...

— Je constate que c'est trop te demander, railla-t-il.

Ulcérée, Rose se dirigea vers la porte. Là, elle hésita un moment.

— Je crois que maman va accompagner Georges et Betty à Calgary. Ta sœur m'a dit que tu manquais beaucoup à tes parents...

Paul, le dos tourné vers la fenêtre, resta silencieux.

Une fois de plus, elle se sentit exclue de sa vie. C'est alors que Betty ouvrit brusquement la porte. Son regard tomba sur le petit panda.

— Oh, comme il est joli ! s'exclama-t-elle.

C'est un cadeau de Paul, il y a déjà longtemps, lui dit Rose, embarrassée. Quand partez vous pour Calgary ? enchaîna-t-elle vivement.

— Dans les jours qui viennent. Nous allons y organiser une grande fête.

Mais l'éclat disparut des yeux de Betty.

— La seule chose qui nous contrarie est de ne pas pouvoir compter sur votre présence à tous les deux.

— J'ai bien peur que cela ne soit guère le moment pour nous de nous absenter, murmura Rose, évitant le regard de Paul.

— C'est exactement cela, articula-t-il lentement.

Puis il reprit sur un ton anodin :

— Que veux-tu, Betty, pour ton déjeuner ? Des crudités ? Je suis passé maître en l'art de faire des sauces...

8

La porte de la chambre s'ouvrit brusquement. Paul entra et alla droit vers le fauteuil où il s'installa confortablement, les mains croisées derrière la nuque.

Rose enfila rapidement la robe qu'elle avait préparée pour descendre dîner.

— Je suppose qu'une fois encore, j'étais trop plongée dans mes réflexions pour t'entendre frapper ! ironisa-t-elle.

— Il est inutile de te montrer si arrogante. Encore quatre ou cinq jours et ton départ mettra fin à cette intimité forcée...

— Quatre ou cinq jours, répéta Rose, abasourdie. Mais Georges, Betty et maman partent demain matin ; j'ai réservé mon billet d'avion pour l'après-midi même.

— C'était peine perdue : je l'ai fait annuler. Tu vas rester encore quelques jours ici afin de ne pas éveiller les soupçons de...

— Tu as osé faire cela ? fit Rose, d'une voix blanche. Tu ne me retiens ici que pour me punir de t'avoir quitté. Il n'y a que ton amour-propre qui...

— Tais-toi, gronda-t-il. Ne me provoque pas. Jusqu'à présent, j'ai toujours contrôlé mes émotions, mais, si tu t'obstines à m'insulter, je ne répondrai plus de mes actes.

Il se leva et arpenta nerveusement la pièce. Un sourire malveillant se dessina sur ses lèvres.

— Tu devrais être contente de pouvoir cacher notre rupture à tous nos amis. Pense à Nancy, par exemple… ajouta-t-il avant de quitter la chambre.

Quand Rose descendit pour le dîner, une délicieuse odeur de bonne cuisine flottait dans l'air. Elle entendit résonner dans le salon la voix grave de Paul. L'instant d'après les rires fusaient. Nos conflits ne semblent guère l'affecter, songea-t-elle, dépitée.

Elle alla se réfugier dans la cuisine où elle bavarda un moment avec Sarah.

— J'ai vu que le panda n'était plus à sa place, fit Sarah sans lâcher des yeux l'énorme bol de crème qu'elle fouettait énergiquement.

— C'est vrai, je l'ai remonté dans ma chambre, se contenta-t-elle de répondre.

— Pourquoi êtes-vous revenue ? demanda la cuisinière affectueusement.

— Je ne sais pas… je voulais voir mon frère, mais sans doute y a-t-il d'autres raisons. Je vais bientôt repartir pour travailler à Londres.

— Pourrez-vous travailler en laissant une partie de vous-même ici ?

— Vous vous trompez, Sarah…

— Oh non ! Il y a des femmes qui ne connaissent pas leur bonheur : vous en faite partie. Vous avez pourtant un mari en or. Si vous ne restez pas à ses côtés, d'autres prendront votre place. Me comprenez-vous ?

— Nancy ? tressaillit Rose.

— Je ne veux nommer personne, mais Paul n'est pas homme à rester célibataire longtemps.

La jeune femme glissa nerveusement ses doigts dans ses cheveux.

— Il faut que les racines de l'amour soient saines,

Sarah. Autrement, c'est comme si vous passiez votre vie à transplanter un arbre malade.

— Cherchez d'abord la source de sa maladie avant de le transplanter, observa Sarah avec un sourire placide.

— Vous réconcilieriez plus d'un couple ! Mais, trêve de discours... Ne devrais-je pas plutôt vous aider pour le repas ?

— Non. Allez vous installer au salon et buvez votre apéritif. Le dîner est prêt.

Bien que la nourriture fût excellente, Rose y toucha à peine. Tout au long du repas, elle songeait qu'ils étaient tous réunis là pour la dernière fois. Demain, Paul et elle se retrouveraient seuls. Puis son tour viendrait : elle partirait.

La conversation tourna principalement autour de la vie au ranch. Minnie s'inquiéta du manque d'expérience de Georges. Paul prit sa défense.

— Nous avons tous nos expériences à faire, aussi pénibles soient-elles. L'important est d'être bien entouré, ajouta-t-il avec insistance.

Il n'eut pas besoin de regarder Rose. Il savait que ses mots avaient porté. Elle le contrecarra aussi doucement qu'elle put : elle reconnaissait en son for intérieur qu'elle abandonnait Paul au moment le plus pénible de son existence.

— Je confirmerai ce que tu dis par une maxime tout aussi générale que la tienne : chacun a droit à l'erreur...

Peu après, Minnie, apercevant les traits tirés de sa fille, décida d'aller se coucher.

— Un long voyage nous attend demain ! s'excusa-t-elle en se levant.

Rose saisit l'occasion pour écourter cette éprouvante soirée ; elle accompagna Minnie jusqu'à sa chambre puis rejoignit la sienne. Mais Georges et Betty restèrent au salon pour discuter avec Paul.

La jeune femme se perdit dans un demi-sommeil

où le bruit des voix montant du rez-de-chaussée se mêlaient à ses rêves. Brusquement elle ouvrit les yeux : Paul lui chuchotait quelque chose à l'oreille.

— Tu dors ? Attention, j'ouvre la lumière.

Elle cligna des yeux. L'expression de son mari n'avait rien de son assurance habituelle. Vêtu d'un pyjama, les cheveux ébouriffés, il ressemblait un peu à un collégien.

— J'ai l'impression que Betty va venir nous dire bonsoir. Pousse-toi, fit-il en tirant les couvertures.

Rose s'agrippa au drap, l'amenant jusque sous son menton. Son cœur battait la chamade. Il se pencha au-dessus d'elle, les yeux moqueurs.

— Détends-toi au lieu de te cramponner aux couvertures comme à une corde au-dessus du vide.

— Sors d'ici ! s'écria-t-elle. Me crois-tu aussi naïve ?

Il posa fermement sa main sur la bouche de sa femme.

— Tais-toi, fit-il en baissant le ton.

Effectivement, on frappait à la porte. Il se leva pour aller ouvrir. Betty entra. Pieds nus dans une longue chemise de nuit de coton, elle paraissait plus adolescente que jamais.

— Tu n'as pas changé ! sourit Paul en l'entourant de son bras.

Betty se mit à rire. Elle regarda son frère avec tendresse puis se tourna vers Rose.

— Paul ne vous avait pas mise au courant ? J'allais toujours dans sa chambre autrefois pour bavarder et lui souhaiter bonne nuit, la veille d'un voyage. Je l'ai fait à chaque fois qu'il nous quittait pour le pensionnat, puis, pour l'université... Je voulais aussi vous remercier tous les deux, fit-elle après une pause, vous dire que j'ai été ravie de faire la connaissance de Rose et que grâce à toi Paul, j'ai pu rencontrer Georges au bon moment...

— Je suis très heureuse pour vous deux, répondit

Rose, la gorge sèche. Jamais je n'aurais pu rêver d'une belle-sœur aussi charmante, ajouta-t-elle avec sincérité.

— Je ressens la même chose que vous ! s'écria Betty, très émue.

Son visage se fit grave.

— Je voulais te dire autre chose, Paul... Georges veut que tu saches qu'il ne prendra jamais ta place au ranch. Nous allons commencer en vivant par nos propres moyens, avec une maison à nous.

Son frère lui caressa affectueusement les cheveux mais se tut. Rose ne vit même pas Betty partir, tant les larmes brouillaient sa vue. Elle étouffa un sanglot.

Son mari s'assit alors tout près d'elle, l'obligeant doucement à se recoucher. Il déposa un rapide baiser sur ses lèvres tremblantes. Puis, sans un mot, il quitta la chambre.

Le lendemain matin, Minnie passa de bonne heure voir sa fille.

— Combien de temps comptes-tu rester ici ? lui demanda-t-elle, une lueur d'espoir dans les yeux.

— Je dois rentrer rapidement à Londres pour mettre un peu d'ordre dans mes affaires.

— Cette perspective n'a guère l'air de t'enchanter !

Rose passa tendrement son bras autour de la taille de sa mère.

— Je suis contente que tu repartes avec Georges et Betty, fit-elle après un silence.

— Je n'ai pas pu m'opposer à leur mariage, répondit-elle en haussant les épaules. Dès que je voulais parler à Georges, Betty l'emmenait se promener !

— Maman ! tu es incorrigible ! Betty est amoureuse ! Il est normal qu'elle lutte pour obtenir ce qu'elle désire. N'en n'aurais-tu pas fait autant ?

— C'est surtout dommage que « toi » tu n'en fasses pas autant ! rétorqua Minnie. Tu ferais bien de réfléchir encore un peu. Maintenant, il faut que j'aille boucler mes valises.

Rose glissa pensivement le peigne dans ses cheveux. Observant son reflet dans le miroir, elle constata avec désolation son teint pâle, ses traits tirés et les larges cernes qui bordaient ses yeux...

Paul n'arriva que vers la fin du petit déjeuner. Il avait un télégramme à la main, adressé à Minnie.

— Ouvrez-le, Paul ; je n'en ai pas le courage, implora-t-elle, le visage livide à l'idée qu'un événement grave venait de se produire.

Paul déchiffra lentement le message : Sam et Mme Barnes annonçaient leur mariage pour le lendemain.

D'un geste triomphal, il brandit le papier bleu. Rose crut lire dans ses yeux : « Tu vois, je te l'avais dit, je ne m'étais pas trompé... »

Avec un sentiment de fierté mêlé de tristesse, elle songea que sans l'intervention de Paul, Sam serait toujours dans sa maison de retraite.

Ils riaient et parlaient tous en même temps, heureux d'imaginer le bonheur d'un personnage aussi attachant que Sam. Mais déjà l'heure du départ était arrivée.

Paul se tint debout, le bras négligemment glissé autour de la taille de sa femme. Puis la voiture s'engagea sur la route et disparut dans un nuage de poussière.

Rose allait rentrer dans la maison lorsque Paul lui saisit le coude.

— Tu n'as rien mangé ce matin, au petit déjeuner. Si tu ne manges pas mieux ce midi, j'appellerai le médecin.

— Je ne suis pas malade, mais les soucis ne m'ont jamais ouvert l'appétit.

— J'ai « aussi » des soucis ou ne l'aurais-tu pas

remarqué ? siffla-t-il entre ses dents. Seulement, j'ai le bon sens de me nourrir. Tu ressembles à une adolescente qui se noie dans un chagrin d'amour. Qui donc te fait languir ? Tony Spelling ?

Bien que cruellement blessée par sa remarque, elle ne broncha pas.

— Je ne vais pas, en plus de tous mes problèmes, soigner une femme anémique, railla-t-il.

— Tu es la dernière personne que je souhaite voir me soigner ! riposta-t-elle en dégageant son bras. Ne t'inquiète donc pas : je n'ai pas l'intention de t'importuner plus longtemps. Je peux faire mes bagages tout de suite, si tu veux.

— Tu ne partiras que lorsque je l'aurai décidé.

Rose lui jeta un regard noir. Elle tourna les talons et disparut dans la maison.

Paul ne rentra pas déjeuner. Son épouse et Sarah mangèrent dans la cuisine où elles bavardèrent avec entrain. Comme elles terminaient leur café, Jake fit irruption dans la pièce. Paul l'avait envoyé chercher un repas froid.

Jake enveloppa aussitôt la jeune femme d'un regard langoureux.

— Vous êtes très belle, se permit-il de déclarer.

Sarah le toisa avec irritation.

— La flatterie ne vous mènera nulle part, fit-elle en rougissant.

Jake prit le panier qu'elle lui tendit. Avant de sortir, il se retourna vers elles, le regard complice.

— Nancy n'est pas venue travailler ce matin. Elle a passé une soirée très « arrosée » hier soir… Allez, à bientôt.

— Nancy boit-elle beaucoup ? s'enquit Rose auprès de la cuisinière quand il fut parti.

— Non et d'ailleurs très rarement. Paul a eu sur elle une solide influence. Mais cet endroit n'est pas fait pour une jeune femme seule.

Rose regagna pensivement sa chambre. Même Nancy, semblerait-il, avait quelques difficultés à s'acclimater à l'atmosphère grise des champs pétrolifères : ils contrastaient tant avec d'autres parties du Canada, avec ces immensités sauvages recouvertes de forêts et de lacs...

La soirée vint trop rapidement au goût de la jeune femme, tant elle appréhendait de revoir Paul. Elle se lava les cheveux et se maquilla avec soin. Elle sortit de l'armoire une robe qu'elle n'avait encore jamais osé porter. Un profond décolleté découvrait en effet la ligne de sa gorge. De forme empire, la robe tombait en un tourbillon de plis donnant de l'amplitude à sa démarche déjà gracieuse. Les coloris ambre et verts du tissu ravivaient son visage un peu pâle. Elle enfila un collier en or, dont les fines ciselures mettaient en valeur une magnifique émeraude. Le miroir lui renvoya une image d'elle-même qui la prit un peu par surprise. Quelque chose en elle avait changé ces derniers mois, ou peut-être se voyait-elle différemment ? Rose dut s'avouer que pour la première fois de sa vie, elle eut la certitude d'être belle. Cette pensée l'enhardit et elle se sentit prête à affronter son mari.

Quelques minutes plus tard, il entrait dans la chambre, vêtu d'un costume sombre et d'une chemise dont la couleur vert pâle faisait ressortir son teint hâlé.

Rose baissa les yeux pour masquer son émotion, mais avant, elle eut le temps de saisir son regard stupéfait. Il eut un petit sifflement admiratif.

— Il y a une chose que j'aime particulièrement en toi : tu es toujours à l'heure et... féerique.

Le dîner ne fut pas aussi pénible que Rose se l'était imaginé. Décidé à fêter le mariage de Sam, Paul apporta une bouteille de champagne. Il fit sauter le bouchon et lança un clin d'œil à sa femme.

— Tu ferais bien d'honorer ton dîner car nous allons boire cette bouteille à nous deux... Tu sais l'effet que le champagne a sur toi quand tu es à jeun !

— A vos ordres... Bien que cela soit du chantage, plaisanta Rose en portant la coupe à ses lèvres. A la santé de Sam et de Mme Rodson ! ajouta-t-elle avant d'avaler la première gorgée.

Elle sentit que Paul l'examinait attentivement. Elle leva vers lui son visage brûlant d'émotion.

— Comment me trouves-tu ? murmura-t-elle à la fois ironique et sincère.

— Tu es là, devant moi, usant de tous tes charmes et il faudrait que je reste impassible... Bon, pour l'instant, il s'agit de savourer les mets délicieux que nous a préparés Sarah.

Ils passèrent en revue les événements des derniers jours ; Paul lui fit part de son intention d'inviter Sam et sa femme au Canada pour leur lune de miel.

— Je te suis vraiment très reconnaissante, Paul. Tu as largement contribué au bonheur de leur existence.

Il eut un petit rire nerveux.

— Et toi, ma chérie, qu'as-tu fais pendant ce temps-là ? Tu as disséqué notre mariage...

— Tu n'as pas besoin de te montrer aussi caustique. Je ne faisais que te remercier d'être venu en aide à deux êtres que j'aime : il y a Georges aussi, je suis si contente de le voir épouser Betty...

— Je suis heureux d'apprendre que pour une fois, tu n'es pas triste ! Mais, tu me feras la gentillesse de m'épargner ta gratitude... J'aime ta famille, ajouta-t-il avec une pointe d'hostilité dans la voix.

Un insupportable silence tomba sur eux. Rose comprit qu'elle ne retiendrait pas plus longtemps ses larmes.

— Paul, commença-t-elle, le visage bouleversé, je...

Elle n'eut pas l'occasion d'achever sa phrase. Le

son aigu d'un crissement de pneus suivi d'un bruit de verre cassé retentit dans la maison. Horrifiée, elle ferma un instant les yeux, incapable de faire le moindre geste. Quand elle les rouvrit, Paul avait disparu. Sarah accourait vers elle, pâle comme un linge.

— Cela devait bien finir par arriver... Cette voiture était bien trop puissante pour les mains distraites de Nancy. Je le lui avais pourtant dit, mais elle n'a jamais voulu m'écouter.

— Calmez-vous, Sarah ! s'écria Rose, bien qu'elle tremblât autant qu'elle.

— Elle a manqué son virage, poursuivit la cuisinière en se tordant nerveusement les mains ; je l'ai vue depuis la fenêtre de la cuisine. J'ai cru qu'elle allait tout droit, sans chercher à venir ici, quand brusquement, elle a changé d'avis. Mais elle a tourné trop tard...

Rose courut dehors. Elle s'arrêta presque aussitôt. Effrayée, elle contemplait la voiture enfoncée dans le mur de la clôture jusqu'à hauteur du conducteur.

Lentement, elle s'approcha du véhicule. Penché à l'intérieur, Paul dégageait tout doucement Nancy. Elle avait perdu connaissance. Il la souleva dans ses bras aussi délicatement que possible. Des mèches de ses longs cheveux roux collaient à son visage ensanglanté.

— Est-elle gravement blessée ? murmura Rose.

— Je ne sais pas ; où est Sarah lui demanda-t-il, d'une voix éteinte.

Il la porta jusqu'à l'ancienne chambre de Betty, où il l'allongea sur le lit. Rose courut chercher la boîte à pharmacie, un bol d'eau chaude et des serviettes. Pendant ce temps-là, Sarah ôta les vêtements pour lui enfiler sa chemise de nuit. Rose les rejoignit alors dans la chambre. Elle entendit Paul démarrer en trombe : il partait chercher un médecin. « Pourvu qu'il ne conduise pas trop vite se dit-elle, encore sous le choc de l'accident de Nancy.

Le silence régnait dans la pièce où flottait une forte odeur d'antiseptique. Sarah avait nettoyé le visage de Nancy.

— Il n'est pas trop abîmé, remarqua la jeune femme. Est-elle blessée ailleurs ?

— Je ne crois pas. Paul l'a bien examineé : il n'a rien trouvé. Mais il a préféré qu'un médecin nous le confirme.

— Puis-je faire quelque chose ?

— Rien, pour le moment. Espérons qu'il n'y ait aucune commotion interne. La blessure de son front était très surperficielle.

Lorsque Paul revint, accompagné du médecin, Nancy avait repris connaissance. Rose partit au salon pendant qu'on examinait la jeune femme et Paul dans son bureau.

Elle attendit presque une heure avant que son mari ne la rejoigne.

— Qu'a dit le médecin ? demanda-t-elle en lui tendant une tasse de café.

— Des contusions... Rien de grave. Mais il faudra faire des radios et la surveiller dans les prochains jours. Il faut qu'elle reste allongée. Nous devons le prévenir immédiatement en cas de douleurs... Tu devrais être couchée, ajouta-t-il.

Rose remarqua ses traits tirés. Il avait dû conduire à une vitesse effrayante pour arriver aussi rapidement avec le médecin. Elle croisa son regard : il était vide de toute expression. Quand il lui avait parlé, sa voix avait manqué étrangement d'assurance.

Nancy avait-elle donc tant d'importance pour lui ?

— Tu devrais aussi aller te coucher, lui conseilla-t-elle enfin.

— Pour cette nuit, je vais rester auprès de Nancy.

Je veux m'assurer qu'elle ne retombe pas dans le coma.

— Laisse-moi te relayer. Tu pourras ainsi dormir quelques heures. Je...

— C'est inutile, coupa-t-il, froid et distant.

— Mais...

— Va te coucher.

Rose posa sa tasse sur la table et se dirigea vers la porte. Elle entendit Paul lui parler dans son dos.

— Merci pour ce que tu as fait pour Nancy.

« A quoi bon lui répondre ? » songea-t-elle.

De toute évidence, il ne voulait personne d'autre que lui auprès de Nancy.

Minnie avait vu juste : la jeune femme avait réussi à s'immiscer dans leur couple... Rose avait définitivement perdu Paul.

9

Rose se réveilla en proie à une violente migraine. Elle pressa ses tempes entre les paumes de ses mains pour atténuer la douleur, mais ce fut peine perdue. Rejetant ses couvertures, elle alla se doucher et s'habiller, puis descendit à la cuisine.

— Déjà debout ? s'étonna Sarah. Paul espérait que vous dormiriez tard ce matin. Vous m'avez l'air très fatiguée, ajouta-t-elle en jetant un regard maternel sur les yeux cernés de la jeune femme.

— J'ai une forte migraine, avoua-t-elle, mais cela va passer. Comment va Nancy ?

Sarah fouilla dans une armoire où elle prit une boîte de comprimés qu'elle tendit à Rose avec un verre d'eau.

— Tenez, ce médicament fera effet... Nancy va très bien. Elle s'est remise de ses émotions en un temps record.

Rose se reposa un moment puis se rendit au chevet de Nancy. Elle lui apporta du thé ainsi que son négligé assorti à la chemise de nuit qu'elle lui avait prêtée.

— Comment allez-vous, ce matin ? s'enquit-elle en entrant dans la chambre.

La jeune femme s'étira paresseusement. Le pansement sur son front lui donnait un air vulnérable. Son teint, encore plus pâle que de coutume, faisait

ressortir ses grands yeux sombres frangés de longs
cils noirs.

— J'ai la tête un peu lourde... Où est Paul ?

— Il est parti travailler. Laissez-moi vous aider à
enfiler ce déshabillé.

— Il est ravissant. Ce turquoise se marie bien
avec mes cheveux, n'est-ce pas ?

— Oui, répondit Rose, du bout des lèvres. Quand
vous aurez fini votre thé, je vous apporterai de l'eau
pour que vous puissiez faire votre toilette.

— Je ne sais pas ce que j'aurais fait sans Paul à la
mort de mon père, vous savez ? Lui seul a su
comprendre mon chagrin, déclara soudain Nancy.

Rose se demanda si les larmes sur ses joues étaient
sincères ou non. Elle préféra changer de sujet de
conversation.

— Vous conduisiez une voiture trop puissante...

— Je suis parfaitement capable de la conduire !
D'ailleurs, j'aurais été gravement blessée si la caros-
serie avait été plus légère... Maintenant qu'elle est
hors d'usage, il faudra que Paul me transporte dans
la sienne. Mais je suis sûre que cela ne le dérangera
pas...

— Je suis sûre qu'il vous rendra ce service en
attendant que vous vous achetiez un nouveau véhicule, renchérit innocemment Rose.

— Je lui demanderai de m'emmener le choisir, lui
saura me conseiller... Il prendra une matinée de
congé pour moi...

— Je serai très étonnée de le voir quitter aussi
facilement son travail. Surtout actuellement... La
situation est critique, n'est-ce pas ?

— Je n'ai pas grand espoir de faire fortune,
soupira l'autre... Sans doute êtes-vous inquiète au
sujet de vos actions ?

— Vous devriez avoir honte de supposer une
chose pareille, rétorqua Rose, indignée. Mais...

— Si j'étais vous, interrompit Nancy, je vendrais

toutes mes actions pendant qu'il est encore temps...
Votre prix sera le mien.

— Voilà un drôle de marché ! Acheter à n'importe quel prix des actions qui ne valent rien ? Jake
m'a déjà fait la même proposition ! J'ai compris que
cela lui permettrait de devenir majoritaire et d'évincer Paul. Je me demande dans quelle mesure ce n'est
pas aussi votre but...

Sans même attendre la réponse, Rose se leva et
sortit de la chambre. Sa migraine, l'attitude équivoque de Paul, les provocations de Nancy l'oppressaient péniblement. Elle eut la sensation que les
murs de la maison se resserraient autour d'elle. Elle
traversa le jardin et marcha jusqu'aux champs où
une brume de chaleur flottait encore. Ici et là, des
arbres rabougris surgissaient de l'ombre née au
hasard du terrain accidenté. Tournant le dos à ce
paysage trop sinistre, elle marcha vers le lac. Au fur
et à mesure qu'elle avançait, il lui semblait pénétrer
dans un autre monde : la crique apparut, baignant
dans une symphonie de teintes pastel. Le cœur de la
jeune femme, en proie à une amère solitude, se
réchauffa aussitôt. Elle s'assit sur le sable, et attendit
que la brume se fut dissipée. Repliant frileusement
ses jambes contre son corps, elle regarda au loin.

Peu à peu, la brume s'estompa. Le soleil apparut,
déjà haut dans le ciel. « Si seulement le voile au-dessus de notre couple pouvait se déchirer ainsi »
se dit-elle tristement. Petit à petit, un sentiment
de révolte naissait en elle. Une à une, toutes les
scènes où Nancy s'était efforcée de briser son
mariage lui revinrent en mémoire. Visiblement,
Nancy était enchantée par sa nouvelle situation.
Aurait-elle pu provoquer délibérément cet accident ? Son intuition lui avait fait comprendre à quel
point Rose tenait à rester auprès de Paul... Etait-il
possible qu'elle ait commis cet acte en désespoir de
cause ? S'il s'agissait bien d'un accident, la chance lui

souriait : non seulement elle en sortait indemne, mais en plus, elle pouvait réclamer toute l'attention de Paul... Bien que bouleversée par les doutes qui venaient de surgir dans son esprit, Rose refusa de céder à la panique. Si Nancy allait trop loin, elle expliquerait à Paul qu'elle ne voulait plus le quitter, qu'elle l'aimait plus que jamais...

Toujours absorbée par ses pensées, Rose reprit le chemin du retour. Lorsque la maison fut en vue, elle aperçut son mari sur la véranda. A pas lents, elle s'avança jusqu'à lui. Fronçant les sourcils, il examinait son visage dont la peau avait la pâle luminosité d'une perle.

— Tu es malade ! Sarah m'a prévenu que tu n'as rien mangé ce matin.

Rose se raidit à l'idée que Paul avait tenu compagnie à Nancy durant son absence. Aussi se montra-t-elle plus agressive qu'elle ne l'aurait voulu.

— Ne te suffit-il pas de passer ton temps auprès d'une malade à la fois ?

Rien ne changea dans l'expression de Paul, sinon son regard qui se fit incisif. Sa main agrippa douloureusement l'épaule de la jeune femme. Mais à cet instant, un ouvrier du chantier accourut vers eux. Le bras de Paul retomba aussitôt. Il s'approcha vivement du jeune homme, encore essoufflé par sa course. Ils conversèrent à voix basse puis Rose les vit partir en direction des puits de forage.

Elle erra un moment dans la maison avant de monter se reposer sur son lit. Elle dormit tout l'après-midi, si profondément qu'elle eut juste le temps de se préparer pour le dîner. Quand elle ouvrit sa porte, elle entendit des éclats de voix provenant de la chambre de Nancy. Presque aussitôt, elle vit Jake sortir comme un ouragan. Dans sa précipitation, il heurta Rose. Il bredouilla quelque excuse et disparut.

— Que se passe-t-il, Sarah ? demanda-t-elle en arrivant dans la cuisine.

— Dieu seul le sait ! Vivement que cette jeune femme s'en aille ! Je savais qu'elle jetterait le trouble dans cette maison. Jake lui a apporté des fleurs de la part des hommes du chantier. Il n'était pas sitôt arrivé qu'ils se disputaient comme chien et chat... Paul a fait prévenir qu'il ne rentrait pas dîner, ajouta-t-elle avec humeur.

Tel un enfant gâté, Nancy bouda tout au long du repas, dépitée par l'absence du maître des lieux. Il revint lorsqu'elles prenaient le café. Elles entendirent sa belle voix grave taquiner Sarah dans la cuisine. Puis il monta prendre une douche et tout redevint silencieux.

Sarah proposa à Nancy d'aller se coucher mais la jeune femme protesta vivement. Sur un ton irrité, elle expliqua à la cuisinière qu'elle n'était pas le moins du monde fatiguée. Rose n'eut pas le courage d'affronter Paul, Nancy à leurs côtés. Elle partit aider Sarah à faire la vaisselle puis monta se coucher.

Malgré elle, l'image de Paul et Nancy réunis ensemble dans sa maison, à quelques mètres d'elle, passait et repassait devant ses yeux. Mais elle préférait encore le tourment de sa solitude aux regards triomphants de Nancy.

Elle ne dormait toujours pas lorsque des petits coups résonnèrent contre sa porte. Elle s'immobilisa dans le lit, cherchant désespérément à maîtriser les battements de son cœur. Sa première réaction fut de ne pas ouvrir. Mais Paul connaissait trop bien son sommeil léger. Aussi enfila-t-elle sa robe de chambre et alla-t-elle ouvrir. La main de son mari hésita un instant sur le mur avant de trouver l'interrupteur. La lumière, violente après l'obscurité de la chambre, fit cligner Rose des yeux. Pieds nus, les cheveux en désordre, elle ressemblait à un enfant surpris dans ses rêves. Mais le tissu fin de son vêtement épousait les contours gracieux d'un corps de femme.

— Merci de m'avoir attendu ! fit sèchement Paul, la regardant à peine.

— Je pense que Nancy m'a bien remplacée, rétorqua-t-elle, aussitôt sur la défensive.

— La journée a été très éprouvante pour moi. Je ne suis pas d'humeur à supporter tes sarcasmes.

— Mais en revanche, tu es en droit de m'en adresser !

Paul fit mine de partir, puis se ravisa.

— Malgré sa fatigue, Nancy m'a attendu. Comment veux-tu que je me conduise envers toi, quand tu te montres indifférente à mes soucis ?

— Nancy devait avoir de bonnes raisons pour te mentir ; elle nous a assuré qu'elle n'était pas fatiguée. Je constate simplement qu'elle a réussi à parvenir à ses fins.

— C'est-à-dire ? gronda-t-il, le visage sombre.

— Tu le sais ; pourquoi me le demandes-tu ?

— Je constate pour ma part que tu es terriblement jalouse… Si je venais de quitter ses bras, ce ne serait pas pour venir vers toi étant donné la chaleur de nos rapports !

Ses yeux gris se durcirent d'un éclat métallique. Il la repoussa brusquement contre le mur, appuyant les paumes de ses mains au creux de ses épaules. Traquée entre ses bras puissants, elle s'immobilisa et ferma les yeux. Quand il pressa cruellement ses lèvres contre les siennes, elle en ressentit une étrange brûlure. Elle perdit pied dans ce cauchemar qu'une simple parole d'amour aurait transformé en une merveilleuse réalité. Mais une sourde colère faisait rage en Paul et elle dut se soumettre à la vengeance de ses baisers. La respiration lui manqua. La peur, l'émotion, firent fléchir ses genoux. Paul comprit-il son angoisse ? Il la relâcha soudain et enfouit les mains dans ses poches.

— Tu l'auras voulu, fit-il d'une voix rauque. Ne crains rien, je n'irai pas plus loin... Je n'ai jamais autant regretté le jour où je t'ai rencontrée, ajouta-t-il âprement.

Sur ce, il sortit, refermant lentement la porte derrière lui. Rose serra les bras contre son corps frissonnant. Ses lèvres endolories remuèrent comme pour dire son désarroi à quelque témoin imaginaire. Elle regagna son lit où longtemps après, elle fixait encore l'obscurité. Ce ne fut que beaucoup plus tard qu'elle réussit enfin à laisser couler ses larmes.

Deux jours s'étaient écoulés. Paul était parti louer une voiture pour Nancy, le temps nécessaire à la réparation du véhicule accidenté. Quand il revint, Sarah appela Rose pour venir observer la scène depuis la fenêtre de la cuisine.

A la vue du petit coupé sport bleu nuit, Nancy battit des mains comme une enfant. Elle se haussa sur la pointe de ses escarpins à hauts talons et embrassa Paul sur la joue avec effusion. Puis ils s'installèrent à l'avant, Paul à la place du passager. La voiture démarra en trombe.

Rose se tint à la fenêtre, immobile. Toute émotion l'avait quittée. La violence des conflits qui s'étaient livrés en elle ces deux derniers jours l'avaient épuisée. A plusieurs reprises, elle avait été sur le point de faire ses bagages mais elle était restée par égard pour Paul : si elle l'avait quitté alors que Nancy était toujours sous leur toit les langues auraient été bon train. C'est pourquoi elle avait tenu bon, coûte que coûte. Quant à Paul, il ne s'était guère montré, trop absorbé par son travail.

Mais ce soir-là, ils devaient fêter la guérison de Nancy. Rose aidait Sarah à la cuisine.

— J'attends avec impatience le moment où cette fille partira, grommela Sarah, les mains plongées dans une grande terrine de farine.

Elle se redressa en soupirant et essuya ses mains poudreuses contre son tablier.

— Depuis qu'elle est là, Paul n'est plus le même, reprit-elle, le front soucieux. C'est la première fois qu'il se montre impatient envers moi. Habituellement, il est la bonté même. Quant à vous, vous errez dans la maison comme un fantôme !

— Je suis désolée, s'excusa Rose en riant. Je tâcherai de ne plus vous faire peur !

La jeune femme songea tristement à quel point Sarah avait raison. Jamais elle n'avait vu Paul aussi préoccupé. Les cheveux en désordre, les traits tirés, il paraissait vieilli. Rose s'indignait de le voir autant travailler sur un projet qui n'avait pas beaucoup de chances d'aboutir. Mais à ses inquiétudes, il répondait par des sarcasmes, aussi finit-elle par ne plus lui en parler. Il demeurait isolé, comptant sur sa seule énergie. Malgré son imposante carrure, son caractère viril et l'éternel défi dans ses yeux gris, il parut terriblement fragile à son épouse. Elle l'observait souvent d'un œil protecteur. Elle voulait l'aider, lui apporter son secours. Le meilleur moyen n'était-il pas de lui apporter son amour ? Certes, Paul lui avait cruellement exprimé son regret de l'avoir rencontrée. Mais peut-être avait-il parlé sous le feu de la colère ?

Rose regarda pensivement le doux visage de Sarah. Peut-être avait-elle raison : le moment était venu de renoncer un peu à sa fierté et de retourner vers Paul avant que Nancy ne le lui arrache définitivement.

Une nouvelle vague d'espoir la traversa. Elle se surprit à chantonner. Sarah leva sur la jeune femme un regard étonné, puis baissa les yeux sur son travail avec un de ces petits sourires entendus dont elle avait le secret.

Peu de temps avant le dîner, Sarah glissa dans l'escalier et se fit une légère entorse. Malgré ses protestations, Rose la conduisit jusqu'à sa chambre où elle l'obligea à s'allonger.

— Je ne me reposerai pas longtemps, s'indigna-t-elle, il faut que je prépare le dîner.

— C'est moi qui vais le préparer et le servir, déclara la jeune femme avec fermeté.

Avant de redescendre à la cuisine, elle passa voir Nancy. Celle-ci tourna vers elle son regard alourdi par une épaisse couche de mascara.

— Vous êtes très en avance. Le dîner est déjà prêt ?

— Sarah s'est blessée à la cheville. Je vais préparer le repas, mais nous mangerons un peu plus tard que prévu.

— Désolée ! compatit distraitement Nancy. Il faut que je lui achète un cadeau pour m'avoir soignée.

— Cela ne me semble pas nécessaire. Sarah est trop contente de vous voir guérie, riposta Rose, non sans équivoque.

Nancy observa avec insistance le corps élancé et gracieux de sa compagne : elle portait une robe à encolure carrée, dans les teintes vieux rose. Un petit boléro de dentelle fine lui donnait une exquise touche de romantisme. Nancy ne put cacher son dépit.

— Paul est également ravi de me voir rétablie. Il a si bien compris ma détresse. C'est pourquoi, puisque vous partez, je tiens plus que jamais à acheter vos parts pour les lui offrir en guise de remerciements... Voyez-vous, je ne suis pas la femme intéressée que vous vous imaginiez.

— Alors pourquoi ne pas lui offrir vos propres parts ? rétorqua Rose.

Nancy la dévisagea d'un air affligé.

— Mais parce qu'un jour toutes nos parts seront en commun ! Tout ce que je possède sera aussi à Paul...

Rose ne daigna pas répondre. Pourquoi avait-elle éprouvé le besoin de passer voir Nancy ? se demanda-t-elle. Peut-être seulement par défi...

Rose allumait les bougies des grands chandeliers de la salle à manger lorsque Nancy fit son entrée, au bras de Paul. Elle était vêtue d'une longue robe de satin vert émeraude dont un pan, drapé sur son épaule, flottait derrière elle. Bien que trop habillée pour la circonstance, elle n'en n'était pas moins fascinante.

Paul leur servit le champagne. Lorsqu'il tendit une coupe à Rose, elle rougit violemment : elle se sentait observée comme à travers un microscope.

— Deux ravissantes jeunes femmes pour dîner avec moi ! Quel honneur ! plaisanta-t-il.

L'émotion qui transparaissait sur le visage de sa femme ne lui avait pas échappé. Ses belles boucles soyeuses, ses yeux d'un bleu mystérieusement profond lui donnaient un charme immense dont elle ne semblait pas avoir conscience. Déconcertée par leurs regards posés sur elle, Rose porta la main à son visage brûlant. D'un geste hésitant, elle leva sa coupe.

— A votre convalescence, Nancy ! dit-elle avec la désagréable sensation d'être ridicule.

Le liquide pétillant lui chatouilla les narines. Des larmes lui montèrent aux yeux. Une irrésistible envie de rire la prit alors par surprise. « Je n'ai plus peur de cette femme », découvrit-elle, étonnée.

Un sourire étincelant étira ses lèvres. Elle leva sa coupe une deuxième fois.

— A mon cher mari ! A ses aventures dans le pétrole ! Que le succès soit proche...

— Merci. Voilà qui est très encourageant. Dois-je te retourner le compliment et te souhaiter une longue et heureuse carrière ? demanda-t-il d'un ton sec.

— A vos nouvelles aventures ! murmura Nancy.

Ses yeux brillèrent d'un cruel éclat. Elle but une gorgée et se retourna vers Paul.

— Rose est inquiète à votre sujet. Elle voulait connaître nos chances de succès. Après tout, je la comprends. Si jamais nous trouvons ce pétrole, elle n'aura plus de soucis à se faire pour sa carrière, n'est-ce pas ?

Un froid glacial pénétra le cœur de l'intéressée. Mais sa fierté lui dicta un silence méprisant. Paul n'avait soufflé mot. Il aida Nancy à s'asseoir. Rose se levait pour chercher les plats dans la cuisine lorsque Paul la retint par le bras.

— Laisse-moi m'en occuper. Assieds-toi, ordonna-t-il froidement.

Elle allait protester lorsqu'un bruit infernal, un bruit qu'ils guettaient depuis si longtemps, emplit la maison. Ils coururent sur la véranda. Un nuage sombre s'élevait au-dessus des derricks. Une odeur trop reconnaissable emplissait l'atmosphère : le pétrole !

— Nous avons gagné ! hurla Paul. Nous avons découvert un gisement. Hourrah !

Il saisit Nancy, qui se trouvait près de lui à ce moment-là et la souleva en l'air de ses bras puissants. Elle posa les mains sur ses épaules et plongea ses yeux brillants dans les siens. Ni l'un ni l'autre ne virent Rose rentrer dans la maison.

Ils coururent rejoindre les hommes qui contemplaient le pétrole surgissant du sol. La fascination, la joie se lisaient sur leur visage harassé. Jake se précipita vers Paul avec un échantillon.

— Pas d'eau ! pas d'eau, du pétrole ! balbutia-t-il, incapable d'en dire plus.

Il tremblait de la tête aux pieds. Il retournait sans cesse l'échantillon entre ses mains noires.

Rose rencontra Sarah dans le couloir ; elle l'entraîna malgré elle sur le chantier.

L'heure qui suivit fut un inoubliable délire. Les

hommes sortaient des baraquements brandissant toutes les bouteilles qu'ils pouvaient trouver. Sarah fut la première à remettre les pieds sur terre. Elle attira Rose à son côté.

— Allons à la maison sauver du repas ce qu'il en reste. Nous n'allons tout de même pas rester l'estomac creux !

Paul et Nancy rentrèrent aussi. Ils montèrent se changer puis redescendirent pour trouver le champagne dans la glace.

Tout au long du dîner, Rose évita le regard de Paul. Euphorique, Nancy riait et buvait. A deux reprises, elle eut un petit rire mauvais à l'intention de sa compagne...

Jamais elle ne lutta autant contre ses larmes. Elle était heureuse pour Paul, mais le pétrole avait maintenant jailli entre eux comme un mur indestructible. Comment lui avouer à présent qu'elle l'aimait ? Cela ne lui semblerait-il pas douteux de la voir retourner vers lui juste après qu'il ait fait fortune ? Les parts de Rose dans la société n'étaient rien en comparaison des siennes. Et ne lui avait-il pas reproché d'aimer le luxe ?

Paul suivit Sarah dans la cuisine pour chercher le café. Soudain, une déflagration retentit dans le jardin. Des cris confus montèrent dans la nuit, suivis d'une deuxième détonation. Jake surgit dans le salon.

Les deux femmes reculèrent, horrifiées.

— Il est ivre, murmura Nancy.

— Ce... C'est ex... exactement ça ! cria-t-il.

L'instant d'après, Rose était happée par deux bras puissants derrière elle, ceux de son mari, et violemment déposée de l'autre côté de la porte.

— Cours dans ta chambre et restes-y, commanda-t-il.

Mais sans tenir compte de cet ordre, elle se glissa dans le jardin. Elle rampa jusque sous les fenêtres entrouvertes du salon et, protégée par un arbuste, elle observa la scène.

Paul agrippa Nancy. Comme il s'apprêtait à lui faire quitter la pièce, Jake l'en empêcha.

— Elle doit rester ! rugit-il en agitant son arme.

Rose frissonna. L'atmosphère était saturée de pétrole. Une légère vapeur bleue flottait dans l'air. Tout lui parut irréel, cauchemardesque. Jake s'était avancé dans la pièce et menaçait à présent la jeune femme de son revolver. Paul la fit vivement passer derrière lui. Les deux hommes s'affrontèrent du regard.

— Pose ce revolver, imbécile ! Tu es ivre !

Rose ne voyait que le profil de Jake. Même ainsi, il lui parut malade, misérable. De son pistolet, il fit signe à Paul de se pousser : il voulait faire face à Nancy.

— Lâchez-ça, Jake, gronda Paul.

— Je serai plutôt fou de le lâcher ! vociféra-t-il. Je... C'est à vous que je parle, Nancy. Le jeu est... terminé.

— De quel jeu s'agit-il ? demanda Paul, intrigué.

— Demandez à Nancy. Elle ne vous a rien dit ?

— Vous êtes ivre, Jake, et je ne sais pas de quoi vous voulez parler, intervint Nancy.

Elle s'avança courageusement vers lui. Jake parut retrouver ses esprits.

— Pourquoi êtes-vous si pâle alors ? Vous n'avez rien révélé à Paul à notre sujet ?

Rose vit pâlir les lèvres de Nancy. Ses cheveux roux ressemblaient à des flammes.

— Allons, Jake, ne feriez-vous pas mieux de discuter calmement ? Posez ce revolver ou bien vous allez passer le restant de vos jours en prison. Ce serait vraiment dommage : vous êtes riche à présent.

La voix de Nancy était calme et posée. Rose la vit s'avancer de quelques pas comme un félin sur sa proie.

— Nancy a raison. Discutons tranquillement, insista Paul. Jake...

Mais Jake tourna son arme vers lui.

— Ne vous mêlez pas de ce qui ne vous concerne pas! hurla-t-il, les yeux exorbités.

De sa démarche cadencée, Nancy s'approcha tout près de Jake. Il parut hypnotisé par les tons chatoyants de sa robe, par les reflets dorés de ses yeux et la souplesse de son corps.

Il la saisit aux poignets.

— Je ne veux plus d'histoire : tu m'as promis de m'épouser si nous trouvions du pétrole. Et c'est ce que tu vas faire, tout de suite, même si tout ne marche pas comme tu le désires.

— Mais bien sûr! s'écria Nancy, à la stupéfaction de tous.

Jake la serra avec fougue contre lui. Le revolver tomba mollement sur le divan...

Interloquée, Rose s'en fut rejoindre Sarah dans la cuisine. Elle la trouva assise devant la cafetière, les yeux perdus dans le vague.

— Mais que s'est-il donc passé? Je n'osais plus bouger d'ici.

— Il s'est produit quelque chose d'étrange, murmura Rose. Nancy et Jake sont dans les bras l'un de l'autre. Nancy a l'air ravie. Jake a lâché son revolver...

— Je savais que cette fille ne nous attirerait que des ennuis! déclara Sarah sur un ton péremptoire.

— Etiez-vous au courant d'une liaison entre elle et Jake?

— Rares sont ceux avec lesquels Nancy n'a pas eu d'aventure!

Sarah haussa les épaules. Elle posa sa main sur celle de la jeune femme.

— Vous avez l'air fatiguée : vous êtes toute pâle.

Rose repoussa une mèche de cheveux derrière son

oreille. Son front était moite. Soudain, elle fut prise de nausées. Elle se leva précipitamment.

— Je vais voir ce qui se passe au salon, balbutia-t-elle d'une voix méconnaissable.

Mais elle se hâta vers la salle de bains. Elle fit couler de l'eau froide dans les paumes de ses mains entrouvertes et s'aspergea longuement le visage.

Le silence régnait à présent dans la maison. Elle se dirigea vers le salon. Tout doucement, elle ouvrit la porte. Seul Paul était dans la pièce. Assis dans un fauteuil, il avait enfoui sa tête dans ses mains...

Le cœur de Rose se figea. Jamais elle ne l'avait vu aussi abattu, même lorsqu'elle l'avait quitté. Seul l'attitude de Nancy pouvait le plonger dans un pareil désespoir.

Elle gravit lentement l'escalier et referma la porte de sa chambre derrière elle. Elle s'y adossa un long moment, incapable de faire un geste. Une seule pensée l'obsédait : Paul ne saurait jamais rien de son amour, de cet amour qu'elle avait trop longtemps caché.

Incapable de penser, ni même de pleurer, elle fit ses valises.

10

Cette nuit-là, Rose ne put dormir. De merveilleux souvenirs qu'abritait cette maison qu'elle quittait à tout jamais, la poursuivirent jusqu'au matin.

Elle prit un bain, se coiffa et se maquilla avec soin : le terrible échec de son mariage resterait caché aux yeux de tous, enfoui au fond d'elle-même.

— Nous avons de la visite, s'écria Sarah lorsqu'elle entendit arriver la jeune femme.

Elle se tourna vers elle, l'œil rieur et ajouta, sur un ton plein de sous-entendus :

— Le petit déjeuner est servi dans la salle à manger.

Intriguée, Rose se hâta vers la pièce. Paul aurait-il déjà invité Sam et sa femme ?

Elle s'arrêta, stupéfaite, sur le seuil de la porte.

Une silhouette élégante et familière se découpait dans le contre-jour, devant la fenêtre.

Tony Spelling se retourna et vint vers elle.

— Tony ! Quelle surprise de vous voir ici. Mais que faites-vous dans cette partie reculée de l'univers ?

Il lui prit les mains en souriant.

— Félicitations ! Vous devez tous être très heureux depuis hier soir. La ténacité de Paul a eu raison de ces terres trop longtemps ingrates !

Il se mit à rire. Décontenancée, Rose ne savait

trop quelle attitude adopter. Tony, surpris par son silence, redevint sérieux.

— Vous vous attendiez peut-être à trouver quelqu'un d'autre que moi ?

— A vrai dire, je croyais que Grand-Père et sa femme étaient les nouveaux arrivés... Comment allez-vous ? demanda-t-elle, retrouvant son gracieux sourire.

Sarah entra avec un plateau chargé d'un copieux petit déjeuner. Tony et Rose prirent place à la grande table.

— Vous ne m'avez toujours pas dit ce qui vous amène ici ? demanda la jeune femme.

— Etes-vous toujours d'accord pour travailler avec moi ou l'événement d'hier soir vous a-t-il fait changer d'avis ?

— Est-ce pour cela que vous avez fait ce voyage ?

— Non, bien sûr. Comment aurais-je pu être rendu aussi vite ? Paul m'avait téléphoné la semaine dernière pour me prier de venir le rejoindre. Nous devions discuter affaires. Peut-être avait-il deviné que son succès était proche ?

— Oui, c'est un grand succès, murmura-t-elle. Mais je vais quand même retourner à Londres pour travailler.

Rose souhaita ardemment que Tony ne remarquât pas le tremblement dans sa voix.

— D'ailleurs, ajouta-t-elle avec une pointe de défi, vous arrivez au bon moment : je viens justement de boucler mes valises.

— Vous avez réservé votre vol ?

Elle secoua la tête pour lui signifier que non : les mots restaient coincés dans sa gorge.

— C'est parfait ! Je vais m'arranger pour que vous ayez une place dans le même avion que moi. Cela devrait être encore possible.

Puis Tony lui raconta dans le menu détail les derniers travaux effectués sur son chantier. Elle apprécierait sûrement le petit appartement qu'il lui avait réservé : sa jolie vue sur les toits londoniens l'enchanterait.

Rose l'entendait comme dans un brouillard. Vers la fin du repas, elle se résolut à lui demander des nouvelles de Paul.

— Je ne sais pas du tout où il est ! s'exclama Tony. Il est venu me chercher à l'aéroport, tôt ce matin. Nous avons discuté puis il m'a proposé de nous laisser seuls pour que nous puissions parler de votre travail... Nous pouvons partir dès ce soir, si vous le voulez bien. Je ne vois pas la nécessité pour vous de rester ici, n'est-ce pas ?

Rose acquiesça sans mot dire. Paul avait donc prévu qu'elle partirait. Il ne cherchait plus à la retenir. Nancy avait-elle menti à Jake afin de le calmer ? Dans ce cas, qu'adviendrait-il de la relation entre elle et Paul ? Elle ne préférait pas le savoir, aussi fut-elle soulagée à l'idée de partir le jour même.

Quand Tony l'eut quittée, elle s'approcha des grandes baies vitrées. Ses pensées voguèrent vers la crique où elle s'était si souvent baignée avec son mari. Quelque chose d'elle-même resterait accroché à ce paysage grandiose. A présent, il était déjà le musée vivant de leur passé.

Le cœur serré, elle marcha une dernière fois vers la petite plage. Comme paralysée par sa douleur, elle se tint immobile au bord de l'eau. Bientôt, les larmes se mirent à couler sur son visage. Elle huma l'odeur de l'eau, dernier souvenir qu'elle emporterait à l'autre bout du monde.

Soudain, elle aperçut Paul, assis à leur endroit préféré. Adossé au rocher, les mains nouées autour de ses genoux, il fixait au loin la surface scintillante du lac.

Rose voulut s'enfuir. Mais déjà, il venait vers elle, son visage sombre et fier marqué par la fatigue.

146

Elle soutint courageusement son regard, mais il lui parut muet, vide d'expression.

Le cœur battant, elle recula de quelques pas. Elle se sentait submergée par la simple présence de cet homme énigmatique. Il lui était insupportable de partager avec lui pour la dernière fois ces espaces peuplés de souvenirs. Combien de fois s'étaient-ils allongés sur le sable chaud, ivres de baisers après de longues baignades ? Elle sentait encore son odeur, mêlée à celle de l'eau...

— Je suis désolée pour Nancy. Je... Va-t-elle réellement épouser Jake ? bafouilla-t-elle, la voix brisée par l'émotion.

— Je suppose...

Il la regardait : son expression ne trahissait rien.

Rose luttait de toutes ses forces contre son désir de se jeter dans ses bras, de lever sa main vers lui pour le caresser. Elle eut la folle intuition qu'elle seule pouvait lui redonner vie.

— Pourquoi as-tu fait venir Tony Spelling ? chuchota-t-elle, effrayée à l'avance par sa réponse.

— Tu me le demandes... Ne repars-tu pas avec lui ?

— Tu n'en n'avais jamais douté, n'est-ce pas ?

— Je te raccompagne à la maison. A quelle heure pars-tu ?

— Ce soir.

Sur le chemin du retour, ils ne s'adressèrent pas la parole. Tony vint à leur rencontre.

— Je vous cherchais partout, Paul : on vous attend sur le chantier.

Paul partit aussitôt. Tony posa un regard étonné sur le visage décoloré de Rose.

— Vous êtes malade, mon amie ? Vous êtes toute pâle, ajouta-t-il en lui prenant le bras.

— C'est... à la suite d'hier soir : nous nous sommes couchés très tard. Je suis émue aussi à l'idée de commencer ce nouveau travail. Vous... Si vous le voulez bien, je vais vous laisser : j'ai encore quelques affaires à préparer avant de partir, bredouilla-t-elle.

— Je vous en prie, Rose, ne vous inquiétez pas pour moi. J'allais justement rejoindre Paul sur le chantier.

Lorsqu'elle passa devant la cuisine pour rejoindre sa chambre, Sarah l'aperçut. Elle lui fit un grand signe de la main et vint vers elle.

— Nancy est là. Elle voudrait vous voir... Je vous laisse, il faut que j'aille au potager chercher les petits pois.

Avant que la jeune femme ait pu répondre, Nancy était là, debout dans l'encadrement de la porte. Interdite, Rose découvrit une autre Nancy... L'insolence avait disparu de ses yeux, le pli amer de sa bouche s'était effacé. Son visage reflétait une quiétude que sa compagne ne lui connaissait pas.

Nancy entra aussitôt dans le vif du sujet, négligeant les préliminaires habituels.

— Je vais épouser Jake. J'ai pensé que vous seriez heureuse de l'apprendre.

— Félicitations ! sourit péniblement Rose. Paul me l'avait dit.

— Vous vous êtes réconciliés ?

— J'ignore en quoi cela peut vous concerner. Mais non, nous ne nous sommes pas réconciliés... Je pars ce soir, ajouta-t-elle après une pause.

Tout d'abord, Nancy demeura stupéfaite. Puis ses lèvres s'étirèrent en un sourire moqueur.

— C'est bien cela, vous n'avez pas la force de supporter l'existence que nous menons.

— Je ne vois pas de quoi vous voulez parler ! Le rêve de Paul est devenu une réalité. Le sous-sol de ces terres est riche en pétrole. A compter d'aujourd'hui, la vie sera facile... pour vous tous.

— Ce que je vous ai dit au sujet du remboursement des emprunts reste vrai : les dettes grèvent notre Société... Je me permets de vous donner un dernier conseil : donnez vos parts à Paul. Il en aura grand besoin quand il voudra vendre pour retourner chez lui... Au revoir, Rose, et, bonne chance !

Elle ne vit pas Nancy partir. Ses pensées étaient déjà retournées vers Paul... Les gisements étaient donc moins importants qu'elle ne l'avait cru ? Combien de temps allait-il devoir continuer ce travail harassant ?

Elle n'avait pas attendu les conseils de Nancy pour se décider à donner ses parts à son mari. Mais, n'y avait-il pas quelque arrière-pensée derrière les explications de cette dernière ? La jeune femme la détestait et s'était toujours montrée mal intentionnée à son égard... Trop fatiguée pour essayer de réfléchir et de comprendre, Rose laissa sa question en suspens.

L'heure avançait. Bientôt, Rose quitterait définitivement cette maison. Elle s'installa devant son secrétaire et glissa pensivement ses doigts tremblants sur les petits damiers de la marqueterie. Elle écrivit à Paul une lettre dont elle avait cent fois imaginé le brouillon. Mais elle dut la recommencer plusieurs fois : ses larmes tombaient sans cesse sur le papier, décolorant la fine écriture.

Elle plaça l'enveloppe, bien en évidence, sur la coiffeuse. Il la trouverait après son départ.

Puis elle rangea et nettoya minutieusement la pièce : cette fois, elle s'assurerait que le fantôme de Rose Standring ne rôderait plus dans la chambre... Elle entendit Sarah faire couler de l'eau dans la salle de bains : elle n'était donc pas dans la chambre de Paul. Rose y entra sur la pointe des pieds.

Du bout des doigts, elle caressa la brosse à cheveux, les flacons d'after shave. Dans un geste enfantin, elle frotta la robe de chambre de Paul contre sa joue, respirant une dernière fois cette odeur si familière.

Tout à coup, elle aperçut une photo sur la table de nuit. C'était un portrait... un portrait de Nancy.

Elle jeta le vêtement de Paul sur le lit et serra les poings de rage. Si elle était bien décidée à ne laisser dans la maison aucune trace d'elle-même, il n'y en aurait pas non plus de Nancy. La colère accumulée pendant des mois contre la jeune femme fit brutalement surface. Sans même pouvoir se contrôler, elle saisit le portrait et — bien que consciente de la puérilité de son geste — elle l'écrasa sous ses pieds.

— Que se passe-t-il donc ici ? fit la voix traînante de Paul.

La honte paralysa la jeune femme. Il la dévisageait avec stupéfaction. S'était-elle laissé gagner par la folie ? semblaient dire ses yeux. Il devait sortir de sa salle de bains : il était seulement vêtu d'une serviette dont il s'était ceint les reins. Il se pencha pour attraper sa robe de chambre et l'enfila rapidement.

Le masque d'indifférence derrière lequel elle se réfugiait depuis si longtemps se brisa. Elle ne pouvait plus lui cacher ni ses mains tremblantes ni la détresse de son regard.

— C'est... C'est le portrait de Nancy... le tien, je l'ai cassé.

Paul se baissa pour extirper la photo des débris de verre.

— D'où vient cette photo ? demanda-t-il d'une voix blanche.

— D'où veux-tu qu'elle vienne sinon de « ta » chambre ? cria-t-elle avec désespoir.

Paul serra les lèvres. Rose vit trembler légèrement ses mâchoires.

— Je n'ai jamais vu ce portrait avant aujourd'hui.

Quand Rose leva vers lui des yeux accusateurs, il ne baissa pas les siens, mais il ne fit pas un pas vers elle. Lentement, il se baissa et ramassa les morceaux de verre. Un à un, il les jeta dans la corbeille. Puis, sans un mot, il prit le portrait de Nancy et le déchira soigneusement. D'un geste méprisant, il fit tomber ce qu'il en restait sur le verre cassé.

Un silence oppressant régnait dans la pièce. Rose frissonna. Il lui sembla que depuis des semaines, elle errait sur une route inconnue, enveloppée par un épais brouillard... qui tout à coup se dissipait, comme par magie. Paul avait déchiré cette photo. Cela signifiait-il... Elle vit poindre dans les yeux de son mari une lueur qui s'était éteinte depuis long-temps.

Paul l'aimait-il toujours... Etait-ce possible ?

Une tendresse infinie illumina les prunelles de la jeune femme. Quand elle lui tendit les bras, Paul rit tout doucement ; ses yeux, sa bouche, tout son être lui souriait.

— Je t'aime, Paul, je t'aime ! balbutia-t-elle lors-qu'il referma ses bras autour d'elle.

Il la serra contre lui puis relâcha son étreinte pour la regarder. Délicatement, il lui souleva le menton et ils lurent dans leurs yeux l'amour auquel ils n'osaient plus croire depuis des mois. De nouveau, il la serra contre lui comme pour sceller à tout jamais leur bonheur.

Rose pleurait.

— Je ne veux pas partir, je veux rester à tes côtés pour t'aider dans ton travail, murmura-t-elle.

Paul sentit sous ses lèvres la douceur des cheveux soyeux, puis le goût salé des larmes de sa femme. Il lui embrassait les lèvres, la gorge, retrouvant à chaque baiser les chemins de leur intimité perdue. Mais un sentiment étranger à leur passé, une force inconnue les unissait. De ces mois de mutisme naissaient des paroles d'amour. Un profond désir de se comprendre s'était ancré en eux, à leur insu... D'une façon presque farouche, ils se prouvèrent leur passion. Leurs baisers, leurs caresses parlèrent pour eux.

Enfin, leurs doigts se dénouèrent. Paul recula d'un pas. Il plongea ses yeux dans ceux de Rose dont le bleu intense et mystérieux n'avait plus de secret pour lui.

— Qu'il est agréable, ma chérie, de te voir rentrer à la maison... Mais cette fois, je ne te laisserai plus t'échapper ! plaisanta-t-il avec tendresse.

— Je n'ai donc pas tué ton amour en te quittant ? balbutia-t-elle à travers ses larmes.

Seule l'ardeur des lèvres de Paul contre les siennes lui répondit. Lorsqu'elle s'agrippa à ses épaules, il rit à nouveau, d'un petit rire de connivence où s'harmonisaient leur amour et leurs désirs.

Il passa son bras autour de la taille de Rose et la guida jusqu'au lit. Il s'assit auprès d'elle et demeura un instant silencieux.

— Je ne veux plus jamais vivre avec toi les épreuves que nous venons de traverser. Nous aurons des enfants et il nous faudra lutter ensemble pour notre bonheur. Te sens-tu assez forte pour rester à mes côtés malgré toutes les difficultés qui peuvent encore surgir ?

Rose posa sa joue contre la peau lisse et brûlante de sa poitrine.

— Même si tu le voulais, tu ne parviendrais pas à me faire partir !

De ses doigts fébriles, elle caressa son visage, ses cheveux, son cou...

— Aimais-tu Nancy ? demanda-t-elle tout à coup.

— Pas comme tu le craignais... Son dynamisme égaye les horizons grisâtres de nos chantiers, c'est tout. Peut-être aussi me suis-je montré plus tolérant que d'autres à son égard.

Soudain son visage s'assombrit. Il fronça les sourcils et passa la main sur son front soucieux.

— Nancy est venue ce matin, dit-il, c'est sûrement elle qui a mis ce portrait dans ma chambre...

— Je l'ai vue. Elle m'a même souhaité bonne chance, sourit la jeune femme.

— Pendant qu'elle était ici, Bill est venu me parler. Il m'a appris que nous étions l'objet d'une sombre machination montée par Jake et Nancy... Mais peut-être en discuterons-nous plus tard ? Je ne voudrais pas que soient gâchés ces instants de bonheur.

— Non, je t'en prie, supplia-t-elle : dis-moi ce que tu sais. Je m'étais bien douté de quelque chose, mais j'étais aveuglée par ma détresse.

Du revers de la main, Paul lui caressa tendrement la joue.

— Depuis très longtemps déjà, Jake et Nancy voulaient se marier. Mais le père de Nancy s'opposa à leur mariage : il n'avait aucune confiance en Jake, le considérant comme imbu de lui-même et seulement intéressé par l'argent.

— Mais pourquoi ne se sont-ils pas mariés à la mort de Jesse Bigland ?

— Justement, c'est ce que j'allais t'expliquer. Jake n'a jamais admis d'être minoritaire dans la Société. Même en épousant Nancy, il ne pouvait avoir les coudées franches : il lui fallait mes parts.

— Mais Nancy ? Elle ne semblait pas vraiment cupide ? s'étonna-t-elle.

— Il est probable que non. Mais ton arrivée a modifié considérablement les cartes du jeu. Nancy n'a pas supporté l'immense affection que tous t'ont témoigné ici.

— Je l'ai sentie plus d'une fois, soupira-t-elle.

— Nancy et Jake ont alors décidé de nous monter l'un contre l'autre. Elle s'est efforcée de faire croire à une liaison entre elle et moi. Ils espéraient ainsi que tu me donnerais tes parts en me quittant, puis, qu'ensuite, je vendrais tout par désespoir pour repartir à Calgary...

— Ce que tu n'as pas fait. Tu ne voulais pas voir souffrir tes parents à cause de tes échecs ?

— C'est vrai, mais je voulais aussi me prouver qu'il y avait bien du pétrole... Et une autre raison, plus déterminante sans doute que les précédentes...

— Laquelle ? le pressa-t-elle, ses grands yeux étonnés levés vers lui.

— Malgré certaines paroles très dures que j'ai eues envers toi, je n'ai jamais cessé d'espérer ton retour.

Rose se blottit au creux de son épaule. Elle serra les pans de la robe de chambre de Paul entre ses doigts et déposa un petit baiser à la naissance de son cou. Soudain, elle se dégagea : elle venait de comprendre la scène où Jake les avait menacés de son pistolet.

— Une fois que le gisement de pétrole était découvert, leur plan échouait. Ils ne pouvaient plus acheter nos actions à bas prix, conclut-elle... Jake avait fini par douter de l'amour de Nancy, poursuivit-elle après une pause.

— C'est exactement cela : il a cru que réellement, elle m'aimait...

— N'avait-il pas en partie raison ? Peut-être Nancy... s'est-elle laissé prendre au jeu, hésita Rose.

— C'est possible, murmura pensivement Paul.

Ils demeurèrent un moment silencieux, chacun tourné vers ce pénible passé. Brusquement on frappa à la porte.

— Vous ne venez donc pas déjeuner ? fit la voix de Sarah.. Et... n'oubliez pas que vous avez un invité...

— Tony ! s'exclamèrent-ils en riant.

Rose et Paul accompagnèrent Tony jusqu'à l'aéroport. Avant de le quitter, la jeune femme tourna vers lui un visage où se lisait la confusion.

— Vous ne m'en voulez pas trop, Tony ? Je vous ai fait faux bond...

— Vous allez me manquer terriblement dans mon travail, fit-il, l'œil sévère.

Puis il se mit à rire. Affectueusement, il leur prit chacun un bras.

— Je suis si content pour vous, ajouta-t-il. Je m'inquiétais de vous voir aussi bouleversés l'un que l'autre à l'idée de vous quitter.

Un peu plus tard, Rose se glissait dans son lit et attendait que Paul sorte de la salle de bains. Lorsqu'il vint vers elle, elle lui ouvrit ses bras et il l'enlaça tendrement.

— Il faut que je t'avoue quelque chose, murmura-t-il. Nous aurons juste assez d'argent pour nous acheter du bétail et le ranch dont j'ai toujours rêvé quand j'aurai réglé toutes mes affaires ici. Nous aurons des difficultés au début. Mais si j'ai refusé l'argent de mon père, j'accepterai volontiers ses conseils.

Il embrassa sa femme, écartant de ses lèvres une mèche de cheveux rebelle.

— Il nous faudra beaucoup investir, continua-t-il. C'est pourquoi nous n'aurons pas une vie facile pour commencer... Si tu veux changer d'avis, il est encore temps : une fois à Calgary, je ne te laisserai plus partir...

— Crois-tu que tes parents accepteraient la présence turbulente d'un petit Standring ? Surtout s'il ressemble à son père, plaisanta-t-elle doucement.

— Ils seront fous de joie. Ils le gâteront bien plus que nous le souhaiterons, ajouta-t-il en riant.

— Alors il lui faudra des frères et sœurs pour ne pas grandir en enfant gâté, chuchota-t-elle.

Pour toute réponse, Paul l'attira contre lui. Ils s'étreignirent longuement. Cette fois, plus rien ne les séparerait.

Les Prénoms Harlequin

ROSE

fête : 23 août   couleur : bleu

L'insouciance proverbiale de la cigale, son animal totem, n'est pas totalement étrangère à celle qui porte ce prénom. Enfant gâtée, elle aime voir ses désirs s'accomplir sur-le-champ et accepte difficilement les épreuves que la vie lui impose. Et pourtant, elle est capable de se dévouer corps et âme pour ceux qu'elle aime et alors, on ne saurait trouver compagne plus attentionnée...

Rien de surprenant à ce que l'austère existence de son mari ne convienne pas à première vue à Rose Barclay...

Les Prénoms Harlequin

PAUL

fête : 29 juin   couleur : rouge

Être fier et passionné, celui qui porte ce prénom possède une âme de bâtisseur à l'instar du castor, son animal totem. Travailleur patient et efficace, il ne se laisse pas facilement ébranler par les échecs, et son obstination à réussir lui permet de les surmonter sans peine. Doté d'une séduction secrète mais puissante, il suscite autour de lui respect et admiration.

C'est pourquoi Paul Standring ne baisse pas les bras devant le naufrage apparent de son mariage...

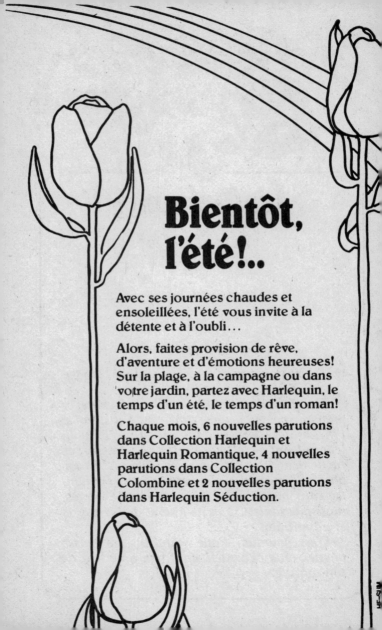

Bientôt, l'été!..

Avec ses journées chaudes et ensoleillées, l'été vous invite à la détente et à l'oubli…

Alors, faites provision de rêve, d'aventure et d'émotions heureuses! Sur la plage, à la campagne ou dans votre jardin, partez avec Harlequin, le temps d'un été, le temps d'un roman!

Chaque mois, 6 nouvelles parutions dans Collection Harlequin et Harlequin Romantique, 4 nouvelles parutions dans Collection Colombine et 2 nouvelles parutions dans Harlequin Séduction.

Harlequin Romantique

...la grande aventure de l'amour!

Ne manquez plus un seul de vos romans préférés:

abonnez-vous et recevez en CADEAU quatre romans gratuits!

Éternelle jeunesse du roman d'amour!

On a l'âge de son esprit, dit-on. Avez-vous jamais songé à vérifier ce dicton?

Des romancières célèbres telles que Violet Winspear, Anne Weale, Essie Summers, Elizabeth Hunter… s'inspirant du vrai roman d'amour traditionnel, mettent en scène pour votre plus grand plaisir héros et héroïnes attachants, dans des cadres romantiques qui vous transporteront dans un monde nouveau, hors de la grisaille du quotidien. En partageant leurs aventures passionnantes, vous oublierez soucis et chagrins, vous revivrez les émotions, les joies…la splendeur…de l'amour vrai.

Six romans par mois…chez vous…sans frais supplémentaires…et les quatre premiers sont gratuits!

Vous pouvez maintenant recevoir, sans sortir de chez vous, les six nouveaux titres HARLEQUIN ROMANTIQUE que nous publions chaque mois.

Et n'oubliez pas que les 6 vous sont proposés au bas prix de $1.95 chacun, sans aucun frais de port ou de manutention. Pour vous assurer de ne pas manquer un seul de vos romans préférés, remplissez et postez dès aujourd'hui le coupon-réponse suivant:

✄